S P R I N G

每一本好書都是一顆種子，
春天播種在你的心田夢土上。

S P R I N G

每一本好書都是一顆種子，
春天播種在你的心田夢土上。

S P R I N G

每一本好書都是一顆種子，
春天播種在你的心田夢土上。

S P R I N G

每一本好書都是一顆種子，
春天播種在你的心田夢土上。

Spring

地獄系列 3
第三部
地獄戰役
以台灣爲舞台，古今最強的魔神盡數到齊，
一場地獄史上最浩瀚的戰爭，即將開戰！

自序

二〇〇三年的那個夏天，我看了一部叫做《惡靈十三》的電影，那天晚上我騎摩托車在逢甲夜市，腦海中，便誕生了地獄列車這個點子。

從此，就踏上了一條不歸路，第一部，第二部，第三部……中間還很任性的停過很長的時間，（大概有一年吧！）而我會繼續動筆，完全是因為我有一群很好的讀者，他們過了一年，還不忘用各種方式（或刑求），逼我想起還有「地獄系列」沒寫完。

如果你問我，地獄系列到底是什麼？

我會跟你說，這是一個魔法！我正在施展一個魔法，把這個你們熟悉的台灣城市，變成全新的，令人感興趣的，不再苦悶的——戰鬥天堂。

Div

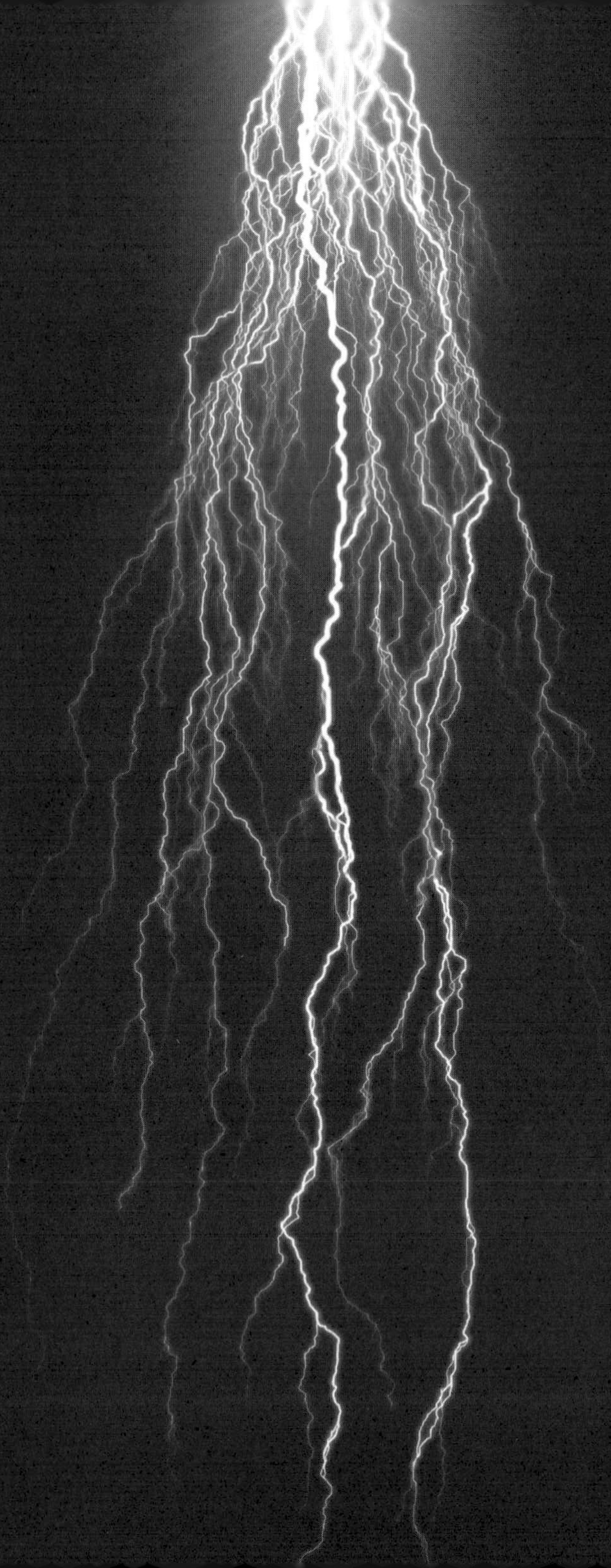

地獄戰役

目錄

前情提要

台灣出現了一款會殺人的網路遊戲，為了一探這遊戲的究竟，剛從曼哈頓獵鬼小組退出的少年H，特地前來台灣調查，卻意外發現這個遊戲擁有非常強大的靈力，遊戲中甚至藏有直達地獄的入口，於是少年H率領了「台灣獵鬼小組」奮而進入遊戲，一進入遊戲，他們才知道整個遊戲正處在風雨飄搖的決戰前夕。

黑榜中的織田信長率領了手下四大將軍盤據在台南城，準備對新竹發動攻勢，而高雄的曹操軍團更是蓄勢待發，擔任攻擊線的最後部隊。

除了戰情告急的新竹之外，台北城亦是各方勢力互相傾軋，危險平衡即將被打破，尤其是黑榜為了瓦解台北裡頭的正義勢力，派出殺手一個一個潛入了台北城，更增加了無數兇險的變數。

少年H將台北交給老友阿努比斯之後，他毅然決定南下新竹，要找到新竹的領導人「白老鼠」，不但要協助白老鼠抵抗來勢洶洶的織田軍團，更要保護他不受黑榜高手的暗殺。

另外，阿努比斯則化身為夜王留在台北，以他過人的領導能力，誓言要在新竹被攻陷之前，統合台北五大勢力，迎接從南而上的黑榜軍團。

至於眾高手的命運如何？請看地獄系列的第三部——地獄戰役。

地獄戰役

第一章《夜王發威》

這裡是台北市中心。

台北，這個全台灣金錢流動最快速、最大量的商業之都，它的天空被一座又一座高樓大廈給佔滿，林立的高樓大廈如熱帶雨林中渴望陽光的巨大樹木，肆無忌憚的往上攀爬，殘酷的用高度來象徵自己的霸權。

而這些高樓王者中，卻有一棟高樓，它傲立群樓，甚至是登上世界第一的王座，它就是一〇一大廈。

一〇一大廈就像是一尊宏偉的王座，只有台北城的帝王才有資格擁有。

如今，一個穿著黑色大衣的男子，正倚著欄杆，迎著獵獵的晚風，凝視著底下這一片五光十色的商業帝國。

他就是地獄遊戲中，台北市中心最新興起的霸者，夜王。

而此刻他沉默著，不知道在思考著什麼。

直到他背後，走來了一個穿著一身白色的短髮女子，她穿著白色長大衣，白色高馬靴的鞋跟落在頂樓的石板上，卡卡卡，清脆的聲音，給人一種豪放和高雅交融的奇異感受。

「夜王。」女子開口了，聲線略低。「都準備好了。」

「嗯。」那男人的短髮順著夜風飄了起來。「法咖啡，辛苦妳了。」

女子一笑。這簡單的笑容卻魅力十足，包含了許多情感，有期待、勇敢、興奮，還有一點依戀，很難想像，一個簡單的表情竟可以同時包含這麼多的情感。

「動手吧。」夜王從口袋掏出了一個煙火筒，伸手一拉火藥線，轟然一聲，赤紅色的火焰沖天而起，在無垠的夜空中如花朵般炸開。「今晚，就讓我們拿下台北王城！讓夜王和遊俠團的名字，威震整個台北城吧！」

在這朵煙火在空中炸開的同時，遊俠團共有五百六十五個團員，也在此刻，同時舉起手上的戒指，宣示加入「遊俠團」！

之前遊俠團為了避免組成一團，會讓名字登上「黎明的石碑」排行榜，而被黑榜的高手盯上，故都未正式組團。

如今在夜王一聲令下，終於揭開了遊俠團神祕的黑色斗篷，亮出斗篷底下兇暴的獠牙。

這準備撕裂整個台北的巨大獠牙。

而且第一次出擊，就鎖定了遊戲中怪物的大本營，台北王城總統府。

時間是七點零一分。

夜王看了看手錶，嘴角冷笑：「老五，發電廠就交給你了。」

遊俠團中的老五，Mr.唐率領了五百人攻入台電大樓，和怪物警察爆發連番的激戰，剩下二十餘個人在Mr.唐的率領下，攻入了台電的核心區域「中央發電機」。

工人職業的Mr.唐身先士卒，一個人衝到了發電機前，熟知電器的他，一下子就找到了發電機的總開關，他雙手握住總開關，對背後蜂擁而來的怪物警察們大笑，然後雙手使勁往下一拉。

「闔上妳的眼睛吧，不夜台北城！」

中央發電機發出震天的巨吼，機器齒輪停止轉動，原本光華燦爛的台北夜景，頓時陷入了一片黑暗，永遠不入夜的夜都台北，此刻終於闔上了眼睛，沉睡了。

「幹得好，老五。」夜王站在一〇一大樓上，凝視著底下慢慢暗去的台北夜景。

「再來是消防隊，看你的了，老四。」

遊俠團中，夜王和四個人結拜兄弟，老四名叫錢鬼，手指上戴的是金色的商人指環，他率領三百人，分頭破壞了台北市各處消防隊的救火車，為的是瓦解台北城的消防能力。

「然後，老三，到你了。」阿努比斯眼睛瞇成了一條縫，純正胡狼血統的臉龐上，綻放出冰冷的笑容。「點火。」

他這句話剛說完，原本一片漆黑的台北城，突然竄出了一道火光。

一道火光之後，是第二道火光，第三道火光……短短的數十秒之間，以台北一〇一為中心的大台北商圈，竟然冒出了二三十道火光，剛剛還被黑暗擁抱的城市，被兇暴的火焰給喚醒了。

發動火攻的是遊俠集團的老三，他是戴著藍色指環的士人，名叫「約翰走路」，據說這是因為他熱愛藍牌的約翰走路威士忌的緣故。這次發動火焰吞噬台北商圈，是由他率領五十人完成。

這五十人是遊俠團的菁英，同時也是約翰走路的舊部屬。

這位名為約翰走路的男人，力量極強，在阿努比斯降臨台北城之前，他是台北地下黑幫的老大，和遊俠團的老二「法咖啡」一南一北，一男一女，以台北火車站新光三越為地標，瓜分整個台北商圈。

「好一個約翰走路。」阿努比斯表情中，閃過一絲激賞和一絲戒慎，「僅僅五十個人，就完成了任務，果然強將手下無弱兵。」

「夜王，」在阿努比斯的背後，那女音再度響起。「該我們了。」

此刻的台北城，火焰像是四五十條蜿蜒的火蛇，往四面八方游動擴散，而火焰的剋星消防隊，則剛好被老四盡數殲滅，導致火蛇四處蔓延，統領台北城的八大怪物系統亂成一團。

混亂，正是突擊總統府最好的機會。

「法咖啡，人都準備好了嗎？」阿努比斯雙手離開欄杆，腰桿挺直，黑色大衣迎風獵獵鼓動，霸氣十足。

「都準備好了。」法咖啡一笑，又是那風情萬種的笑容。「剩下的六百人馬會在約翰走路的率領下，佯攻市警局、駐軍部隊、教育部和台灣大學……加上火災和停電，總統府的防禦肯定會降到史上最低點，就像是一個脫光光的小孩任我們宰割。」

「很好。」阿努比斯轉頭看著法咖啡，聲音轉柔，「攻入總統府的這個任務，只有我們兩個，妳怕不怕？」

法咖啡沒有回答，雙手抱胸，定定的看著阿努比斯，嘴角笑容緩緩揚起。

「呵呵，算是老大我多慮了。」阿努比斯也笑了：「那我們走了。」

「遵命，老大。」

這聲遵命聲剛過，這位統治遊俠團的首席高手，夜王單手撐住欄杆，一個翻身，就從一〇一高樓上翻了出去。

然後，法咖啡緊追在後，腳跟往欄杆一蹬，像隻白鷹般撲上了夜空。

這兩個人，這兩個夜王集團中最強的佼佼者，如今要去挑戰任務中最危險的一個部份。

那就是「雙人攻陷總統府」。

夜王阿努比斯，他的身分很多，他曾是地獄列車上的車掌，更是古老埃及傳說中，司掌冥界入口的胡狼之神，他的形象是兇狠冷靜，又重情重義。

在埃及神話中，他為了幫助魔法女神伊希絲抵抗混亂之神賽特，曾率領千萬匹野狼，與埃及大軍對峙，在當時他是一個重情的英雄。

如今，他脫下了車掌的制服，也脫下了禁制力量的地獄政府規章，來到了這個地獄遊戲中，一直到此刻，他才真正展現了超越群倫，神級高手的真正實力。

總統府，在地獄遊戲的設計裡面，是四大城池中台北城的首府，只要攻陷了總統府，就是拿下了台北城的王權。

也因為總統府的地位太重要了，所以向來是重兵駐守，戒備森嚴。

盤據台北城的四大勢力，從北邊夜鷹團、南邊的薔薇團，西邊的天使團到東方的菲尼斯團，他們的一次次發動猛攻，一次次鎩羽而歸。

落敗的主因一方面是台北王城實力堅強，一方面則是四大勢力互不相容，導致一方力量無法盡全力攻城，他們會互扯對方後腿。

可是，夜王卻輕易克服了「扯後腿」這個問題……因為他只有兩個人，既然只有兩個人，就沒有被敵人削弱兵力的可能性，只要取得總統的項上人頭，比賽就宣告結束！

但是，兩個人的兇險程度，卻遙遙凌駕百人攻城，因為命只有兩條，用完了就沒有了！只要夜王這種藝高人膽大的頂級玩家，才敢玩這麼大！

要突破總統府，首先要突破外圍的憲兵隊，最外層是便衣憲兵，第二層是制服憲兵，最內層就是高級將領。

只是，第一層便衣憲兵，一開始就被法咖啡輕鬆破解了。

因為法咖啡為了這場戰鬥，特地換上了一件綠色制服上衣和黑色百褶裙，加上她姣好的身材和年輕的漂亮臉龐，活脫脫根本就是對面學校的學生。

「便衣哥哥，我的手帕掉了，幫我撿一下好嗎？」法咖啡那千變萬化的表情，要裝出可愛的模樣，對她來說，簡直就是輕而易舉。

「當然。」便衣吞了一下口水，蹲下身子，撿起那條手帕。

忽然，便衣只覺得後頸忽然傳來一陣劇痛，天旋地轉之下，就昏了過去。

「得手。」法咖啡燦爛一笑，收起斬昏便衣刑警的手刀。

阿努比斯微笑。「法咖啡，妳剛才的表情還真逼真，連我都以為妳是對面那間學校的學生。」

「嘻嘻，什麼假裝？對面學校的學生幹嘛要假裝？」法咖啡露出調皮的笑容，轉移話題：「倒是這遊戲的設定，未免太逼真了，連便衣刑警吞口水的樣子都模擬的一模一樣。」

「法咖啡，妳真是一個遊戲玩家嗎？」阿努比斯看著法咖啡，眼神頗有深意。「我總覺得妳和其他人有些不同。」

「一半一半吧。」法咖啡看著阿努比斯，說道：「在台灣青少年中，玩地獄遊戲不是昏迷了不少人嗎？我就是其中一個啊。」

「真的？」阿努比斯微微詫異，他到現在才知道這個祕密。

「是的，我的靈魂被吸入了這個遊戲，其實老三約翰走路也是。」法咖啡嘆了一口氣。「我們在等待有一個人可以進入夢幻之島澎湖，然後將我們的靈魂釋放。」

「原來是這樣。」阿努比斯點頭。「難怪我覺得約翰走路也不是普通人。」

「老大，我想你也是靈魂本體吧？你在現實生活是什麼人？」法咖啡問。「為什麼進到遊戲中，會選擇帶著木雕狼頭，扮成這種奇怪的樣子？」

「我的確是靈魂本體，但是，我就是我。」阿努比斯搖了搖頭，不願多談。「妳呢？妳在現實是什麼人？」

「你既然不說，我也不說了。」法咖啡嘴巴嘟起。「時間有限，其他的便衣恐怕很快就會發現少了一個夥伴，我們該動身了，等我們有天破了地獄遊戲，我們會……在現實生活遇見吧？」

「嗯，也許。」阿努比斯不再多說，俐落的身影翻過了高牆，矯捷如同一隻黑豹，潛入了總統府。

法咖啡看著阿努比斯的背影，發呆了一秒，才脫下了綠色上衣，恢復成她最愛的白色大衣，追上阿努比斯的黑色背影。

地獄遊戲中的總統府，第二層防衛是由制服憲兵負責，根據之前的調查，這裡除了定點的哨兵之外，還有三組中尉軍官來回巡邏。

面對如此嚴密的防禦，要像剛才那樣無聲無息的潛入，幾乎是不可能的。

「怎麼辦？」法咖啡看著阿努比斯。

「還有其他的辦法嗎？當然是……」阿努比斯露出只屬於他的霸氣微笑。「……把這裡掀了。」這句話說完，阿努比斯手上出現了一把獵槍，不，這把獵槍大的離譜，已經像是一筒火箭砲了。「老大，你這次果然認真了。」法咖啡瞇起眼睛，讚嘆的說。

「我發射子彈的時候，妳就啟動士人的力量『背不完的十萬個單字』吧，我們一口氣毀掉整個總統府的外圍防禦。」

「OK。」法咖啡亮出了手上的法術書，湛藍色書本，飄浮在她的面前。「動手！」這兩個字宛如一個發動晴天霹靂的開關，轟然一聲，兩大高手同時施展靈力，靈彈爆炸，十萬個單字化作瀑布在夜空閃爍，整個總統府陷入一片火光中。

但是，法咖啡卻發出疑惑的聲音。「咦？」

阿努比斯也跟著說，皺眉。「不對勁。」

「是啊，」法咖啡疑惑的說：「為什麼總統府遭到這樣劇烈的攻擊，卻沒有敵人從裡面攻出來？」

「只有一種可能。」

「什麼可能？」

阿努比斯吸了一口氣，涼颼颼的令人發寒，「有人比我們早一步攻陷了總統府！」

新竹市。

少年H一個人來到了新竹，他的目的是要協助白老鼠防守新竹，抵抗織田信長的大軍壓迫，少年H一踏上這片土地，從玩家們驚慌的神情，馬上就感受這座城市的緊繃氣氛。

在新竹火車站附近徘徊的，不是等待戰爭過後大賺一筆的玩家，就是各方勢力派來的間諜，各懷鬼胎的人們，彼此觀察著。

少年H歪著頭想著，在這個時候該用什麼辦法，才能最快見到新竹的地下帝王——白老鼠呢？

少年H想起了他看過一部關於黑道的電影，無奈的笑了笑。

「要見到一個地方的黑幫頭目，最好的辦法就是一路打，打翻白老鼠的各個盤口，直到把頭目逼出來為止。」少年H活動了一下手腕，做幾下拉筋的動作。

忽然，少年又露出怪異的苦笑。「自從進到台灣以來，怎麼越來越有當壞蛋的感覺啊？」

少年H來到了新竹火車站旁邊的一家光碟店，他先是站在光碟櫃子的前面，仔細觀察櫃子的每個角落。

然後，少年H臉上閃過一絲不易察覺的笑容，「這裡有問題！」

然後少年H的手一晃，往櫃子狠狠揍了下去！砰的一聲，整面牆的光碟嘩啦嘩啦落下。

就在店長發出震怒的大吼，提著棍子往少年H這頭衝來的時候，少年H從如雨點般落下的光碟中，順手撈起了一片盜拷的光碟，上面寫著「草莓牛奶特集」。

「我知道你們這家店除了賣白的光碟，賣黑的，還有賣黃的，獲利很高，對吧？」少年H冷冷的看著店長。「白老鼠是研究生吧？聽說研究生閒閒無事，專門幹這行。」

老闆顯然被少年H囂張的行徑給震懾，棍子舉在半空中，棍尖抖動，遲遲不敢落下。

「叫白老鼠出來見我。」少年H臉上是豪氣的微笑。「不然我就把他每一個非法生意，全都給挖出來！」

少年Ｈ一招見效，在他連續拆了三家非法色情光碟店，一家碳烤雞排，還有專門經營盜版印刷的印刷店之後。

白老鼠終於願意出面了。

少年Ｈ原本以為，白老鼠應該是潛伏在地底的壞人頭目，就像多數黑幫電影所拍攝的，深藏在臭氣沖天的下水道中，一個豪華幽暗的房間，身邊坐擁著數位裸體美女的肥壯男人。

但是，白老鼠卻不是。

他和少年Ｈ會面的地方是咖啡館，還是新竹清華大學對面的那家星巴克。

少年Ｈ走進那家咖啡館，看見一張桃木色的桌子前，坐著一個正拿著筆記型電腦，桌上放著一台ＰＤＡ的眼鏡男孩。

男孩皮膚白皙，長得很斯文。

他一看見少年Ｈ，就露出很靦腆的笑容，「我想你一定就是震驚整個遊戲，號稱史上最強少年的——少年Ｈ了吧？」

「嗯。」少年Ｈ也回報一笑，只是他的笑容一點都不靦腆，輕鬆愉快中卻有著讓人不得不屈服的氣勢。「你就是率領實驗室軍團抗衡新竹王城，在黎明的石碑上名列第三的戰鬥團隊，更和織田信長南北對峙的軍團長……白老鼠了吧？」

「幸會。」白老鼠點頭說：「我猜你來新竹，是來找我的吧？」

「是的，我是協助你抵抗織田信長，並來包括保護你的安全。」少年Ｈ說。

「安全？你是說有暗殺者嗎？」

「沒錯。」

「哈哈哈！」白老鼠大笑起來。「哈哈哈哈！」

看著白老鼠的反應，少年Ｈ先是一愣。「有什麼好笑的？」

白老鼠拿下了眼鏡，用手擦去眼角旁邊的眼淚。「太好笑了，笑得我眼淚都流了出來。」

「為什麼這麼好笑？」少年Ｈ不安的皺眉，雙拳微微握緊，一股不祥的預感湧上了心頭。

「我知道那個暗殺者是誰？」白老鼠突然停止笑容，「不就是你嗎？混蛋！」

「什麼？」少年Ｈ驚愕之間，忽然發現更令他錯愕的事情，還在後頭。

在白老鼠背後的房間門被推開，竟然走出另外一個少年Ｈ。

一模一樣的臉龐，外觀，連衣著都完全相同。

「你這個冒牌貨！早料到你會假扮我！」這個少年Ｈ手指著後來少年Ｈ說。「抓住他！」

這一瞬間，連身經百戰的少年H都愣住了，為什麼這個遊戲裡面還有一個「他」？

可是，少年H卻無暇細想，因為從白老鼠的身後，從廁所以及樓梯上，乒乒乓乓，湧出了一群手持著武器的玩家。

只聽到召喚的聲音此起彼落，喧譁過後，士人的法術書，工人的電鑽，農夫的電鋸，以及商人的錢袋，擠滿了咖啡館內小小的空間。

「抓我，要擺這麼大的陣仗？」少年H不驚反笑，他退了一步，抓住了一張木椅。

「抓住他！」白老鼠一聲令下。

老大有命，手下當然聽話，這一剎那，士農工商四大職業的強大法術同時發動，刀光劍影，電光火焰，閃電霹靂，整個咖啡館被一片光影籠罩。

在這樣猛烈的攻勢下，不管「任何人」都是插翅難飛。

不過，這次他們要逮捕的對象卻不是「任何人」，而是少年H，一個從古老中國武道界誕生，揚威地獄的絕頂高手。

他，有這麼容易被抓嗎？

「不要讓他逃了！」那個冒牌的少年H看出情況不對，這一片法術轟擊中，竟然沒有聽到一個哀號的聲音。

只是這個少年H的聲音略高，乍聽之下，有如女子說話。「不，他沒打算要逃。」坐在冒牌少年H前面的白老鼠，他冷靜的闔上電腦，右手的白色鑽石指環閃爍耀眼光芒。

忽然，白老鼠嚴肅的表情中，揚起一絲戲謔的微笑。「他是要來抓我。」「好聰明的白老鼠。」少年H的黑色身影，在一片由法術組成的白色激光中，如老鷹般撲了出來。

「過獎。」白老鼠冷笑。「我只是猜測，如果是我，我也會這樣做！」

就在少年H手成虎爪，對著白老鼠抓去的同時，白老鼠舉起了手上的白色指環，一道純白銀光如花朵綻放開來。「王者的法術，零距離的絕對防禦。」

少年H只覺得手指頭宛如撞上了一片比鋼鐵還硬的牆壁，無堅不摧的虎爪，發出鏗然巨響。

「很好。」少年H虎爪不成，身體一旋，猛招再出，左手畫圓，這次他的目標卻是一旁冒牌少年H。

可是，少年H的這一波攻勢，卻依然在白老鼠的意料之內，白色指環再度綻放純淨光芒，白光化作一絲絲柔線，和少年H左手的太極圓絞在一起。

兩人身體一震，同時退開。

然後，兩人同時笑出來：「好！厲害！」

少年H連續失手，臉上卻依然不失輕鬆笑容，他讚美白老鼠的不是他法術強橫，而是短短的幾秒間，竟然完全猜中了少年H的攻擊模式，事事料敵機先，不愧是能統一新竹區的年輕霸者。

白老鼠這聲讚美，這是訝異於少年H驚人的身手和過人的反應，若不是他等級已經破了七十，白色王者法術修煉到爐火純青，恐怕在第一招就被少年H給擒獲。

雙方的心裡同時升起英雄惜英雄的氣概。

「白老鼠，像你這樣絕頂聰明的人物，怎麼會被冒牌貨所騙？」少年H昂然而立，朗聲問道。

「我……」白老鼠閃爍智慧的眼神，在接觸到他身後冒牌少年H眼神的瞬間，彷彿失去了焦點，一片迷惑。

少年H一驚，看向那位冒牌貨，只見那位冒牌貨對少年H淺淺一笑，嫣然嫵媚，少年H看到自己的臉露出這麼陰柔的笑容，全身頓時起了雞皮疙瘩。

但是，在這一剎那的眼神交錯，少年H忽然明白了。

媚術！

這位冒牌貨不但是黑榜高手，還是一位擅長使用媚術的高手。

黑榜上，能使用媚術，又能變身的妖怪絕對不是泛泛之輩，少年H想起了一個人，立刻全身發冷，如墮冰窖。

這個人，不會是在中國歷史上大鬧商朝，把朝綱攪的一蹋糊塗的那個女人吧？

「愚蠢的暗殺者啊。」冒牌少年H露出笑容。「也許我沒有你們這種洞燭先機的戰鬥方式，但是，我卻是最有把握留住你的人，因為……」少年H沒有否認，他只是眼睛睜得大大的，看著這位冒牌貨的背後，竟然升起了九條顏色不同，形態不同，卻同樣駭人的巨大尾巴。

火焰尾巴照映下，冒牌少年H陰影下的臉龐，綻放出可怕的笑容。

「因為，我是一隻活了好幾千年的妖狐啊。」

台北市。

「有人快我們一步攻入總統府？」法咖啡聲音中有難掩的吃驚。

「嗯，難怪，我覺得第一層的憲兵隊，竟然這麼容易就被我們破解？」阿努比斯皺起眉頭。「恐怕是因為多數的憲兵怪物，都被殺死了，我們殺掉的那個憲兵，要不是漏網之魚，就是時間一到遊戲自動回復的。」

「啊啊？」法咖啡回想，果然是如此。四大軍團屢攻不下的總統府，不該是這樣脆弱！

「沒錯。」阿努比斯高壯的身材，凝視著眼前被士人法術和靈彈轟炸，而陷入一片火海的總統府。「……來了。」

「什麼來了……」法咖啡的話只講了一半，熊熊火焰竟然被硬生生分出一條路，路中更是竄出一個身影。

這身影手上提著一把武士刀，速度好快，蹬蹬幾步，只是眨眼的時間，刀鋒的寒氣就已經迫向法咖啡的臉頰。

「法咖啡！快退！」阿努比斯黑色的獵槍橫在武士刀之前，兩把兵器交鋒，迸出火花。

可是，令人吃驚的事情卻發生了，法咖啡眼睛前方這把獵槍，這把伴隨阿努比斯征服了半個台北商圈的強大夥伴，竟然…………出現了裂縫。剝，剝，剝……裂縫開始增大，刀鋒慢慢陷入了獵槍槍柄之中，這把刀越來越逼近法咖啡的臉龐，這刀驚人的殺氣，讓她禁不住打了一個寒顫。

「好狠的人。」阿努比斯瞪著眼前這個殺手，「更狠的刀。」

「嘿。」殺手臉上綻放一絲邪氣。「我的任務本來只是取下台北王城首領的頭顱，沒想到老天對我不薄，要再送我一個大禮。」

「哈，我這個禮是很大沒錯，只是，不知道你能不能收的下來？」阿努比斯冷冷的說。

「哼，你的武器在一開始就被我破壞了！接下來還想玩什麼？」殺手面色陰沉中帶著得意。

「玩什麼？」阿努比斯兇惡的胡狼面孔，扭曲出一個怪異而貪婪的笑容。「玩你啊！」

這一瞬間，阿努比斯的獵槍碎開，被武士刀砍成兩半。可是也在同時，阿努比斯的另外一隻手倏然伸出，竟然毫無畏懼的握住了這把武士刀。

銳利的武士刀鋒，被阿努比斯手掌一把握住，頓時停在半空中。

「你找死嗎？」殺手又驚又怒。「你知道這把刀的鋒利程度嗎？你知道這刀的來頭有多大嗎？你知道這把刀剛剛砍碎了你的獵槍嗎？」

「妖刀村正，在黑榜排行六十四，你是織田手下第三戰將龍將軍，專司暗殺和偷襲。」阿努比斯一手握著妖刀村正，手指關節爆出格格怪響，虎口滲出絲絲鮮血。「我這樣說對嗎？龍將軍和村正。」

「哼哈，你既然知道我們的身分，還敢在這裡撒野？」龍將軍大怒。

龍將軍說罷，手一抽，將阿努比斯手上的村正抽出，伴隨著一條由血珠串起來的紅色血線，飄揚在空中。

「受死吧！你這個狂妄的傢伙！」龍將軍咆哮，武士刀村正發出詭異的紅光，迎著阿努比斯狠狠地切了下去。

就是這一刀，在台灣的獵鬼小組總部中，破了樹靈阿魯的真身，將一株十人合抱的大樹，瞬間砍成兩截。

可是，他上次面對的是千年樹靈，這一次，他面對的卻是擁有三千年歲月的悠遠埃及古神，阿努比斯。

阿努比斯藝高人膽大，竟然雙手合十，迎向兇悍的鮮血刀鋒。他要用「空手接白刃」！

其實，「空手接白刃」拼的不只是武術的精修，更重要的是，接刀者的專注力和無比的勇氣，因為只要一個失手，錯過了接刀的時機，就是接刀者從額頭到胸膛，被一刀剖成兩半。

但是，阿努比斯就是阿努比斯，他果然成功了。

兩隻手掌，如鐵鉗般，精準而強力的合住這把凶刀村正。

「好！」法咖啡在一旁看得是目眩神迷，從剛才這位龍將軍駭人的氣勢，到阿努比斯絲毫不遜色的反擊。

「你錯了！就算你是阿努比斯，」龍將軍目泛凶光，額頭上的汗水急速湧出，力量被妖刀快速吸入。「你以為妖刀村正，能享黑榜大名，只有這樣的能耐嗎？」

這句話剛出來，一旁的法咖啡，她的臉色剎那間大變，因為她親眼目睹那把刀，忽然血光大作。

刀鋒上的紅光化作一股刀氣，從阿努比斯的雙掌中滲出，咻一聲，直落向阿努比斯的臉上。

刀氣只要一落，阿努比斯就會慘遭「一刀兩斷」的下場。

「混蛋！」阿努比斯忽然臉色一沉，左眼放出綠光，原本就兇惡的胡狼臉龐，獠牙盡露，一陣凜然不可侵犯怒氣，從他的臉上暴發出來。

「見到吾神，妖刀還不知悔改！」

阿努比斯的聲音低沉威嚴，有如霹靂雷響，餘音迴盪，直震入眾人腦海中，法咖啡聽到竟然有種想要屈膝跪下的衝動！

而且更讓法咖啡驚異的是，她眼角瞄見了阿努比斯手套的那台「靈力測驗儀」上的數字……

14980！竟然高達一萬四千九百八十！

比起尋常玩家的一兩百靈力，簡直就是驚世駭俗……

這驚人數字一閃而逝，接下來發生的事，更讓法咖啡咋舌不已。

因為原本殺氣騰騰的妖刀村正，刀氣陡然一縮，如蝸牛入殼中，瞬間縮回了本來的刀身裡面。

而龍將軍的臉上表情，驚駭到無以復加。「你……你……你……」

「我什麼我？」阿努比斯狂笑，左眼綠光更盛，把狼臉湊到了龍將軍的臉前。

「你剛剛不是很高興，老天送你這份大禮嗎？」

「你……你……」龍將軍全身顫抖，殺人無數的他，第一次感受到死亡來臨的恐懼。

「你什麼你，老子都不老子啦！」阿努比斯冷笑，剛被妖刀砍傷的右手，像五根鉗子一掌抓住了龍將軍的臉，掌心剛好完全蓋住龍將軍的臉。

阿努比斯之前被妖刀砍傷的血，則化為一股濃厚的血腥味，噴入了龍將軍的鼻腔，更讓他強烈感覺到死神的靠近。

龍將軍覺得臉頰骨頭被一陣擠壓，發出咯咯的怪聲。

「饒……饒了我……」龍將軍這位以暗殺和偷襲名列黑榜，性喜虐殺弱者的殺手，發出了哀號。「我……我不想死……」

「不想死？」阿努比斯臉露輕蔑，「我掌管地獄列車這麼多年，跟我討饒的人還算少嗎？你以為我會放你一馬？」

「我……我用一個祕密換……」龍將軍聲音扭曲。

「喔？祕密。」

「只要你饒了我，我就跟你說這個祕密，這個祕密可是目前地獄遊戲中，最值錢的情報之一！」

地獄戰役

「喔？」阿努比斯聽完，右手緩緩鬆開，而龍將軍覺得臉頰上的壓力驟減，正要開口之時，說時遲那時快，他臉上卻又傳來一陣劇痛！

因為阿努比斯的右手又再度鉗住了龍將軍的臉，而且，這次比上次用力更狠，龍將軍的顴骨竟被阿努比斯五指給深深捏陷。

「啊啊啊啊！」龍將軍發出淒厲的哀號。

「跟我阿努比斯談條件？」阿努比斯獠牙露出，兇光畢露。「不管你有沒有祕密，都得死！就看是死的爽一點還是死的不爽一點而已！」

「你……」龍將軍聲音發抖。

「不想說？那你就慢慢死吧！」夜王露出冷酷的笑容，五根指頭更加用力。這一用力，龍將軍發出像是豬臨死前的哀號，嘎的一聲怪叫，僅存的一顆眼珠，竟然緩緩從眼眶中凸了出來。

「我說，我說……」龍將軍不斷喘氣，「『她』……已經進入地獄遊戲了！」

「她？」阿努比斯眉頭一皺。

「唯一令你害怕的人！」

這句話剛出口，原本殺氣騰騰的阿努比斯臉上閃過一絲怪異的表情，而且，這位以精密和嚴酷著稱的死神阿努比斯，竟然失了神。

這一失神，更給了垂死的龍將軍一線生機，他一翻身，掙脫了阿努比斯的五根虎指。

同時，身經百戰又陰險的龍將軍，知道自己絕對逃不出阿努比斯的手掌心，所以他這一掙脫，不是逃向遠方，而是撲向了一旁的法咖啡。

龍將軍手臂架住了法咖啡的脖子，對阿努比斯露出獰笑。「你這個狼臉醜八怪，你如果敢對我出手，我就拉你這個得力助手陪葬！」

阿努比斯沒有回答，在他的表情看不到絲毫驚惶失措，他只是定定的看著法咖啡。

看著，這位與他共同出生入死，打下大台北江山的夥伴。

忽然，法咖啡笑了。

法咖啡的笑容能傳遞千言萬語，而此刻的笑容，卻只說了一件事。

（這傢伙，我來就好了！）

然後，阿努比斯臉上閃過不容易察覺的笑容，身上的黑色長大衣一個優雅迴旋，轉身離去。

「你……你……」龍將軍面對阿努比斯的反應，無比錯愕。「你要去哪？」

法咖啡笑容綻放，殺氣騰騰的殺氣。「喂！獨眼龍，你的對手在這裡哩！」

就在這一剎那，龍將軍忽然覺得眼前一片漆黑，淒厲的黑暗將他完全吞噬

「啊啊啊啊！」龍將軍發出淒厲的怒吼，退了幾步，因為在他進入這片無盡黑暗之

前，他獨眼中看到的最後殘影，是一根肉色的手指，快如閃電，毫不猶豫，對著他的眼珠戳了過來。

那是法咖啡的手指。

是的，龍將軍瞎了，被法咖啡硬生生一指掏出了眼珠。

「怎麼？」法咖啡笑聲低沉慵懶，「剛剛你不是還挺威風的嗎？」

「吼！妳這賤女人！」龍將軍再也看不到任何東西了，只能聽音辨位，對著法咖啡聲音的來源撲了過去。

「出來吧，我的筆記書。」法咖啡聲音揚起，嗓音中洋溢著淡淡甜膩，「密術之，『七修不過的工程數學』！」

法咖啡這句話剛出口，她手上的戒指藍光閃爍，一把槌子憑空出現。

「第一修！」法咖啡拿起槌子，「當！」一聲，敲中了龍將軍的額頭。

龍將軍只覺得腦袋微微暈眩，忍不住大笑，「女人就是女人，就這麼一點手勁啊？妳剛剛掏了我眼珠的狠勁，到哪去了啊？」

「是嗎？」法咖啡嬌笑，手中藍光再閃，「一修不過，只好第二修……」

藍光過去，法咖啡手上的槌子竟然足足大了一倍。

龍將軍雙目已盲，只覺得一陣勁風橫掃過來，橫擊上他的臉頰，劇痛之中，龍將軍牙齒被掃掉了半邊。

「妳……妳……」滿嘴鮮血的龍將軍說話不清，只是顫抖著，此刻他確實意識到了，法咖啡這女人的可怕，甚至不在阿努比斯之下！

「二修還不行，沒關係，我們還有第三修。」法咖啡說著，槌子周圍再度被藍光籠罩。

第三修過後，槌子又足足抽大了一倍，此刻已經有半個人高了。

法咖啡臉露迷人微笑。「接好了。接下來會有點痛啊。」

龍將軍雖然眼睛看不到，也覺得情勢不對，不敢再像剛才那樣托大，一陣令他窒息的勁風壓下，龍將軍使勁往旁邊一跳，但是他的上半身雖然躲開了，脆弱的膝蓋卻躲不掉。

咖拉一聲，任誰都聽的出來，龍將軍的膝蓋被法咖啡給擊碎了，粉碎性骨折，象徵著龍將軍除了眼睛，又少了一條腿。

「逃的好。」法咖啡手掌往上攤平，剛剛已經形態駭人的槌子，再度陷入一片迷濛的藍光之中。「真抱歉，然後來的第四修，攻擊範圍很大，大概不是斷了一條腿的你，可以逃的掉的囉！」

「妳……」龍將軍聲音顫抖，他知道他已經沒有任何生路了，只能咬著牙，閉著眼睛等死。

「呵呵。」法咖啡的第四修槌子已經從藍光中完整出現，比法咖啡還高上半個頭，原本就兇惡可怕的槌頭，巨大化之後，更是給人一種莫名的驚怖感。

宛如一頭佈滿獠牙的巨龍龍頭，古樸的氣氛中，透露著絕對的威脅，和絕對的毀滅。

「其實我跟我家老大，有點不同。」法咖啡沒有立刻揮舞槌子攻上來。

「什麼不同？」龍將軍聲音發顫。

「只要你說出我想聽的祕密，我就饒你一命，怎麼樣？」法咖啡揮舞著手上的槌子，這巨大而威猛的槌子，在她手上卻意外的輕盈。

「什麼祕密？」

「我的問題很簡單。」法咖啡說：「因為你攻入總統府的時間太巧，我們前面的攻勢好像剛好替你鋪路似的，所以我推測你一定早就知道我們遊俠團的計畫了，對吧？」

「哼。」

「呵呵，所以我的問題是……」法咖啡的聲音由甜膩轉為低沈，「是我們團裡面哪位仁兄，洩漏了這個祕密呢？」

「哈哈，你想從我口中套出這個祕密？」龍將軍有恃無恐，狂笑起來。

「當然。」

「只要我說出來，你保我不死？」

「以我在法咖啡在台北城一人之下萬人之上的地位，我保你在台北城毫髮無傷。」

「好！」龍將軍用力吸了一口氣，他知道此刻如果說出了這個祕密，回家恐怕會被織田信長視為懦夫而驅逐，但是性命重要，他也顧不得那麼多了，「那個人是……」

「是……」龍將軍張開了嘴巴，卻只說到了這個字，就突然噤聲了。

然後，他張大的嘴巴裡，忽然湧出了大量的鮮血。

一個洞，他的後腦被人用子彈轟了一個洞，洞口穿過腦袋，從嘴巴裡面透了出來。

中了這樣一槍，不用說，龍將軍當然是馬上死透。

「是誰？殺人滅口！」法咖啡又驚又怒，她舉起四修之槌子，在她周圍揮舞成一片密密麻麻的槌影之牆，避免敵人發動第二波攻勢，同時進行往四周看去。

可是，映入她眼前的畫面，卻遠比剛才龍將軍慘遭暗殺更驚人，更令她錯愕萬分。

因為，那個手持槍管，槍殺龍將軍的人，此刻就站在她的眼前。

他面帶著胡狼面具，身穿著黑色長大衣，霸氣橫瀾。

竟然是夜王．阿努比斯。

現在的場景是新竹，星巴克咖啡。

冒牌的少年H背後伸出駭人的九條尾巴。

「我的天。」少年H愣愣的看著這九條張牙舞爪的尾巴。「喂，白老鼠，你眼睛睜開一下好嗎?你身後那個冒牌的少年H根本就是一隻大妖怪啊?」

「你要騙我回頭對不對?」只見白老鼠表情癡迷，顯然受到媚術影響不小。「我才不受騙!」

「好吧。」少年H只好聳了聳肩膀，「你不想看，我也沒辦法。」

就在少年H聳肩之際，冒牌貨背後的尾巴發出呼嘯一聲，滾燙的第一條火焰尾巴，發動了攻勢。

少年H身體一側，在火星紛飛的情況下，有驚無險的避開了這波攻擊。

「千年九尾妖狐。」少年H笑著說：「我早聽過妳的事蹟，妳在黑榜上大名鼎鼎，甚至殺過不少的獵鬼小組的高手，連我以前的上司羅賓漢J，都曾栽在妳手下過。」

冒牌貨歪著頭一笑，原本屬於少年H的臉龐，多了嫵媚和陰森。「過獎了，少年H在中國武術中地位尊崇，加入獵鬼小組之後更是屢建奇功，甚至連我的死對頭貓女，都曾敗在你手下，我對你才是真的久仰大名了呢。」

「只是沒想到，我們會在這種情況下碰面啊?」少年H一邊閃躲火焰尾巴，一邊搖頭說話，姿態顯得輕鬆愜意。

「嘿。」九尾妖狐嬌笑：「像你這樣的英雄，竟然就要死在這裡，實在太可惜了。」

「喔？我死在這？你怎麼敢這麼篤定？」

「因為我很看得起你。」九尾狐抖了抖身子，像是狐狸在抖長毛，「所以我要用四條尾巴，你死定了。不是嗎？」

「四條！」少年H眉頭一皺。「不用吧，我們第一次見面，沒必要這樣趕盡殺絕吧？」

「不，對你就該如此。」九尾妖狐收起了嬌笑，露出難得慎重的表情。

要知道，九尾妖狐貴為中國大妖，她一身妖力化作九條尾巴，前面五條尾巴遵守五行定律，分別是如鐵鎚巨鑽的「金尾」、潛地吸水的「木尾」、無形無定的「水尾」、烈火燎原的「火尾」，和震天撼地的「土尾」。

另外四條尾巴，分別是魅惑人心的「媚尾」、在夢中奪人性命的「薨尾」，以及畫出結界的「咒尾」，最後第九條尾巴，則是傳說之尾……

在古老的故事中，在蚩尤和黃帝交戰的太古時期，那時九尾狐並不叫九尾狐，牠只有八條尾巴，在古老的西方獸國坐穩第二把交椅，那時的她雖然調皮，卻不是大奸大惡之輩，直到後來發生了許多事，她合其八尾凝成一尾，第九尾於是誕生，九尾狐之名號，也從此響徹大陸。

這條傳說之尾，威力和形狀都不詳，唯一可確定的，是它有一個非常美的名字——

——「情之尾」。

而「情之尾」的模樣，僅只有少數大妖見過，像是在黑榜上盤據帝王之位、且威名永遠不墜的黑桃A，蚩尤。

連少年H這樣源自古老中國的高手，對於九尾狐這樣的千年大妖，也只是只聞其名，未見其人，要不是地獄列車事件之後，引出了地獄和人間無數的高級神魔妖靈，他也沒機會碰上這隻遠古的大妖。如今，少年H終於見到了這隻在中國妖怪史上，佔有重要地位的九尾妖狐，只是……少年H不禁苦笑，怎麼會和這位大妖站在敵對的立場呢？

「當年我對羅賓漢J，也不過用了兩條尾巴，少年H我可是非常看得起你的。」九尾狐一邊笑著，她身後四條尾巴開始快速甩動，有如輪盤般轉動著。

這四條尾巴分別是火尾、金尾、木尾、土尾。

四條尾巴同時發動，火生土，土生金，木生火，五行相生相剋的特性得以充分發揮，四色流轉，威力倍增。

只見九尾狐微微一笑，四尾在空氣中微微一頓，然後刷的一聲，速度之快如閃電橫過天空，射向了少年H。

四色電光流竄，瞬間照滿了整個星巴克咖啡，窗戶玻璃同時震碎，不少玩家被波及，紛紛從二樓哀叫摔下。

可是，九尾狐並沒有如預期的露出喜悅的神情，因為在電光火石之間，她看見了一幕她不想看見的畫面。

一個微笑。

在少年H的臉上。

而且，令九尾狐真正驚愕的畫面還在後面，因為她尾巴的能量竟然被分開，四條化作強大能量，在咖啡館到處席捲破壞的尾巴，竟然如摩西中分紅海般，硬是分出了一條路。

那條路的盡頭，少年H的身影如同一支穿雲箭，矯健穿了出來，他手上提著一把桃木劍，指尖揑著符咒，大喝：

「臨、兵、鬥、者、皆、陣、列、在、前！」

每一個字從少年H口中喊出，都鏗鏘有力如雷貫耳，震得九尾狐身體一陣顫抖。

直到最後一個「前」字剛落，少年H已經到了九尾狐的面前，而手上的桃木劍高高舉起。

「妖狐啊妖狐，妳忘了降妖伏魔也是我道家的本行。」少年H眼神精光大盛，「中國道術可是專門對付妳這種中國妖怪的啊！」

「吼！」九尾狐這幾千年來，縱橫神人魔三界，哪裡料到眼前這位少年竟然是自己的剋星，她臨危反擊，孤注一擲，剩下的五條尾巴同時甩出，擊向少年H的背心。

九尾狐的剩下五尾，除了水尾之外，都不具攻擊性，可是卻都具有擾人心靈的奇異特性。

媚尾和薨尾同時發動，讓少年H心神微微一亂，同一時間，威力強大的水尾已經襲來，少年H嘆了一口氣，回劍擋住水尾，將手裡一張符咒貼向水尾，垮拉一聲，原本無形無定的水尾瞬間凝成堅冰。

少年H接著一拳揮去，堅冰爆開，無數的冰粒如雨點般散開，將殺氣騰騰的星巴克照映成一片華麗的冰冷。

而少年H只能嘆氣，因為他知道，被這五尾一阻擋，他已經錯過了擒獲九尾狐的最佳良機了。

「好一個少年H！好一個中國道術！」九尾狐餘悸猶存，她往後飄起，盤附到一旁的白老鼠身邊，在他耳邊輕輕吹氣。「鼠，快幫我，殺了這個人！」

白老鼠一世梟雄，無奈卻被媚術所困，他迷濛的眼神忽然綻放殺氣，手一揮，白色指環射出耀眼白光，「王者法術！奪命的……」

就在這時候，少年H卻搖了搖頭，腳一蹬，整個人已經立在窗沿上。

「看起來，這件事要從長計議了。」少年H一笑，對九尾狐雙手合十敬禮，「呵呵，九尾狐，我們下次再打過吧。」

這句話說完，少年H已經靈巧的從窗戶翻了出去，留下九尾狐和白老鼠等一干咬牙切齒的實驗室軍團們。

台北市。

法咖啡默默的跟在阿努比斯的身後，久久沒有說話。法咖啡，這個在夜王登場之前，曾縱橫大台北地區的辣手女王，此刻卻像小女孩一樣嘟著嘴巴。

因為她對阿努比斯剛剛的行為感到又困惑又不開心。

她不懂，阿努比斯為什麼要殺龍將軍？只差一步，她就可以問出誰是遊俠團的內鬼了啊。

可是，以她對阿努比斯的認識，阿努比斯的內心，就像是一片不會反射日光的深邃湖泊，冰冷黑暗，深不可測。

通常選擇「不問」，才是最好的決定。

可是……

「老大，我不懂你為什麼殺了龍將軍。」法咖啡終於忍不住，有點埋怨的開口：

「我們這次行動被內鬼洩漏，差點就功敗垂成了欸，我問內鬼是誰？難道不對嗎？」

「……」阿努比斯沒有說話。

「內鬼不抓出來，我們的處境會很危險，尤其是你啊……」法咖啡看到阿努比斯不回答，更加焦急了。「還有，龍將軍說的那個『你最怕的人』，是怎麼回事？還有什麼樣的人來到了地獄遊戲嗎？」

「……」阿努比斯回頭看了法咖啡一眼，此刻這個得力助手嘟著臉，像極了小女孩鬧脾氣的表情。

「老大，老大，你不要老是這樣啦！」法咖啡用力跺腳，就要轉身離開。「這樣真的很討厭哩！」

「等一下。」忽然，阿努比斯開口。

忽然，法咖啡覺得手臂一緊，被阿努比斯強勁的大手給拉住。

「老大……？」法咖啡回頭，卻意外的看到了一幕，她從未想過的畫面。

阿努比斯在笑，遮住半張臉的木雕面具下方，嘴角成了淺淺的弧形，這是法咖啡從未看過的笑容。

不是殘酷好殺的冷笑，不是癲狂豪氣的大笑，更不是夜王獨有的霸氣狂容。

這笑容，若隱若現牽動嘴角，溫和而親切，反而像極了嚴父對頑皮女兒的慈祥笑容。

「法咖啡，妳想知道我為什麼要殺龍將軍，不讓他把祕密說出來嗎？」阿努比斯說。

「為什麼？」

「因為信賴。」阿努比斯聲音沒有起伏，卻意外給人一種沉穩的力量。

「啊？」

「我們遊俠團的這次計畫，共有九個人知道，是我們五個結拜兄弟，加上H兄弟交代給我的四位朋友。」

「嗯。」

「如果龍將軍說了任何一個人的名字，我們是不是要將他逐出團隊？殺了他？或是特別提防他？」阿努比斯說：「但是，龍將軍這混蛋，他臨死前說的那個名字，一定是真的嗎？」

「啊？」法咖啡似懂非懂得點頭。

「我信賴我的夥伴，更不能宣佈有內鬼這件事讓團隊互相懷疑。」阿努比斯眼神精光如電，嘴上獠牙畢露，「如果真有內鬼，總有天一定會露出馬腳，到時候我絕對不寬容。但是在確定誰是內鬼之前，我卻寧可不知道。」

「嗯。」法咖啡歪著頭想了一下，才點了一下頭。

忽然間，她覺得夜王好像黑社會老大，那種豪氣和霸氣，難怪能統合整個台北中央地區。

然後，法咖啡更是驚訝的發現，當阿努比斯抓著她的手臂，那從掌心傳來的厚實

溫度，竟讓她的心跳微微的亂了

「法咖啡，回去之後，馬上召集老三老四老五。」阿努比斯說。

「嗯？」

「我們已經奪取了台北王城的主權，接下來，該是處理座落在台北外圍的四大勢力了！」阿努比斯笑了，這次卻是法咖啡熟悉不過的霸氣笑容。

「遵命！」法咖啡微笑。此刻她的臉上，已經換成心悅誠服的笑容。「夜王老大～」

第二章《新竹城攻防戰》

對少年H來說，現在的情況真是麻煩到極點。

原本他來到新竹城，是為了保護白老鼠，並且聯合「實驗室軍團」的力量，來抵抗從南方上來的織田信長軍團。

怎麼知道黑榜群妖快了一步，竟然利用九尾狐的媚術控制了白老鼠，現在他一個人待在新竹，孤立無援，空有一身絕世技藝卻只能仰天長嘆。

若是普通的人遇到這樣的挫折，恐怕就會選擇退回台北和阿努比斯會合，但是，少年H並不是普通人，他可是少年H。

他站在人潮擾攘的新竹火車站街道上，思考著。

人群來來回回不斷在火車站內外穿梭著，少年H彷彿一座石雕像，動也不動的想著，時間從黃昏逐漸進入了深夜，直到一輪清亮的月掛上了樹頭。

然後，少年H露出一個苦笑，彷彿下了一個重大的決定。

他起身，走進附近的7-11，買了一張新竹的地圖，對一個初來此地的遊戲玩家來說，一張城市地圖是非常重要的。

但是，少年H買了這張地圖，到底要找什麼呢？

在7-11店門外的燈光下，少年H慢慢攤開了這張地圖，手指頭在地圖上慢慢移動著。

「根據阿胖他們的情報，新竹人口大量流失，要搞出另外一個遊俠團，應該不容易。」少年H眼神注視著地圖，自言自語。「現在盤據在新竹城的三股勢力，分別是來勢凶凶的南方織田信長，新竹白老鼠領導的實驗室軍團，以及遊戲怪物組成的新竹王城。」

「既然白老鼠的力量已經落到黑榜的手上，總不能去投靠織田信長軍團吧？如果我要守住新竹城，只剩下最後一個選擇了。」

忽然，少年H的手指頭停住了。

他的指尖停住，剛好停在「新竹科學園區」的位置，這裡是新竹王城的權力中樞，號令所有新竹怪物的司令塔，更是號稱史上最難突破的怪物巢穴之一，而新竹王城的帝王「股王」就潛伏在這裡。

「最後一個選擇，」少年H臉上泛起怪異的笑容，「那就是讓我來統帥……新竹王城！」

5 菲尼斯團（板南線）
|
6 夜鷹團（淡水線）——台北車站——7 薔薇團（新店線）
|
4 天使團（新埔線）

台北城。

夜王阿努比斯率領的遊俠團在昨晚擊潰台北王城的消息，已經在台北城的玩家間傳開了。

捷運看板上，志玲姊姊的看板剛被換下，換上了「大事！台北王城失陷！遊俠團展現驚人神威！」

「王城陷落，台北市正式進入五強割據！後起之秀『遊俠團』可能統一整個大台北嗎？」

「新埔線的天使團，新店線的薔薇團，板南線的菲尼斯團，以及淡水的夜鷹團，以及最近崛起的遊俠團，五強纏鬥，究竟誰能勝出？」

這樣激烈的討論串之中，「夜王」這兩個字，卻意外爆紅了起來！

「夜王？誰是夜王？從未進入黎明石碑排行榜的夜王，竟然是拔起台北王城的隱藏高手？」

「夜王是誰啊？誰能跟我說一下？我願意散盡家財購買情報！」更有人懷著追星的心情，在黎明的石碑上留言。

「如果夜王願意和我吃一頓飯！我願意花一千萬的遊戲幣。」

更扯的是，地獄遊戲裡面最有名的黑市，名為「貴一倍」。「貴一倍」中竟然有人拿夜王的物品出來公開販售，而且還成為最搶手的明星物品。

其中是一張照片，照片上夜王的背影，他穿著黑色大衣，頭戴木雕胡狼面具，甚至被人爭相競標到三百萬，破了當年賭神背影照片的價格。

更扯的是一根頭髮，「號稱」是夜王頭髮的黑毛，更被人競標到一百五十萬，還附有DNA鑑定書。

夜王招牌的半張木雕狼面具，甚至被玩家大量生產，成為台北火車站附近的路邊攤裡，最熱門的商品。

那些夜王曾用過的武器，不管是真的還是假的，都在「貴一倍」上被搶購的一塌糊塗。

而除了夜王之外，美女法咖啡也成為玩家共同迷戀的偶像。

更有不少女性玩家開始學習法咖啡一身純白穿著，將自己裝扮成冰山美人的形象。

但是，撇開這些白目的玩家，真正讓高手玩家們顧忌的，卻是這個遊俠團這場仗所運用的戰術，竟然如此高明！

從斷電，攻入消防局，放火燃燒台北城，以及最後兩個人直搗黃龍，破了總統府，攻陷台北王城。

整個計畫從開始到結束，只花了區區十五分鐘，連總統府外圍的軍隊和警察都來不及集結回防，戰鬥就結束了。

從這裡看出，這夜王絕對是一個人物！

一個心狠手辣，足以和南方織田，和曹操匹敵的辣手人物。

而且更令人咋舌的是，這五百餘人的遊俠團在立下這樣輝煌的功績之後，竟然就這樣憑空消失了！

五百餘人化整為零，回到遊民和普通玩家的身分，散入了台北城各大隱匿的地點，讓人捕捉不到遊俠團的本體。

菲尼斯等四大勢力要擊破遊俠團，可說是難上加難，因為他們連遊俠團的尾巴都抓不到。

遊俠團的「游擊戰技巧」簡直到了出神入化的境界，而裡面的關鍵人物就是夜王，和他手下四個兄弟。

夜王不愧是深夜的帝王，他的影響力，已經如同入夜之後的黑暗影子，滲入台北市每個角落中。

而一舉成名的夜王，現在正在哪裡呢？

他一個人站在一〇一的大樓上，安靜的注視著他底下這片華光萬丈的城市。

對他來說，只有在這裡他才能享受屬於自己的寧靜，這裡是一個孤獨王者的王座。

此刻的他手裡正握著從龍將軍手裡搶下的，妖刀村正。

「妖刀村正」的傳說源自於古老的日本戰國時期，傳說當時的煉刀匠村正，以女子之血鍛造此刀，枉死了不少無辜的少女，而村正死後，更是冤魂不滅，附身這把刀上，任何拿了這把刀的人，都會陷入嗜血的瘋狂狀態，更增加了它不少可怕的傳言。

後來妖刀村正名頭太響，被地獄政府列入了黑榜，成為唯一一把登上黑榜的兵器。

如今，這把妖刀卻落到了阿努比斯的手上，在夜風強勁的台北一〇一之上，阿努比斯胡狼臉龐看不出喜怒，只是隨手把玩著這把尚未出鞘的妖魔之刃。

在和龍將軍交手的過程裡，這把妖刀竟然破了阿努比斯最得意的靈槍，足以證明這刀的妖力和鋒利都不容小覷。

這樣的刀，這樣的兇兵，該怎麼處理呢？

阿努比斯把妖刀舉高，帶有美麗弧度的刀鞘映著月光，發出迷人的銀色光芒。

「傳說中，任何人拔出這把刀，都會被妖氣迷惑，變成此刀的奴隸。」阿努比斯冷冷的看著這把妖刀。

忽然，他嘴角緩緩揚起，獨有的霸氣笑容。

「就讓我來看看，你和木乃伊二十九的暴亂病毒比起來，哪一個比較兇暴吧！」

錚然一聲。

刀鋒出鞘，寒氣四溢，阿努比斯的眼神中閃過一絲驚異。

「操縱怪物巢穴」這樣的想法，對任何一個擅長網路遊戲的玩家來說，都是可笑的不可能任務。

但是，對少年H而言卻不然。

也許是因為他來自太遙遠的年代，也許是他從未接觸過正常的網路遊戲，也因為如此，讓他不受既定觀念的束縛，訂出了一個如此驚人而且大膽的計畫。

擒賊先擒王，他要先抓到統帥新竹王城的首席怪物，既然新竹王城落在科學園區，想當然耳，這位怪物之王當然是……股王。

新竹王城雖然也有一位新竹市長，但是實質的權力卻操縱在股王手裡，股王坐擁整個科學園區，富可敵國，手下怪物如麻，操縱整個新竹的經濟命脈。事實上，新竹物價這麼高，也是股王集團一手搞出來的！

少年H的計畫很簡單，就是潛入科學園區，綁架股王，然後挾天子以令諸侯，使新竹王城成為反抗黑榜的主要勢力。

計畫雖然簡單，難度卻高的嚇人，少年H雖然藝高膽大，此時也是再三躊躇，他不怕整個新竹的怪物，只是怕他不熟悉新竹和科學園區地形，會打草驚蛇，反而失去了擒獲股王的先機。

要完成這個計畫，他還需要一個人，一個熟悉新竹地形的人。

但是，事起倉促，他又到哪去找這個人呢？

就在少年H手裡拿著地圖，困惑的坐在新竹火車站外頭，看著熙攘的人群時，忽然，他聽到了耳中傳來了遊戲玩家們討論的聲音。

少年H一時興起，從口袋中拿出專門竊聽的「三姑的賊耳朵」道具，那是一個狀似藍牙耳機的小儀器，少年H一掛上這道具，附近玩家的討論聲，就一字不漏的傳入了他的耳中。

原來，這兩個玩家一個叫做阿西，一個叫做阿嬌。

阿嬌先開口了。「最近白老鼠好奇怪，以前他對新竹王城多用騷擾戰術，怎麼現在竟然和新竹王城硬幹，兩邊都損失了不少兵馬欸。」

阿西回應說：「織田信長的大軍隨時會來新竹，好多玩家都逃向台北了，妳怎麼不逃？」

阿嬌說：「不逃啊，老實說雖然新竹環境不怎麼樣，好歹我也在這裡打怪打了好幾個月，對這裡熟悉，聽說台北天氣又冷又濕，實在不想去台北。」

阿西嘆氣。「唉，是啊，不過像我就愛跑台北。」

「為什麼？」

阿西說：「因為我交的一個『婆』在台北，禁不住想念，就會去台北啦。」

「嘻嘻。」阿嬌發出笑聲。「婆？是什麼？聽起來像是好吃的東西……台中的老婆餅嗎？」

「唉啊，你連『婆』和『公』都不知道，網路遊戲裡面，『婆』指的就是女朋友，『公』指的就是男朋友，這遊戲設定中，只要你註冊了彼此是公婆，兩人的經驗值不但可以一起增加，一旦有一方受到危險，還可以用『愛的呼喚』把另外一個人給緊急召喚過來，或是由對方把你拉離危險地帶。」

「哇！愛的呼喚？這樣像是瞬間移動啊！這麼讚？」

「是啊。可惜我和我的婆在不同的城市，所以不能使用『愛的呼喚』……不過遊戲還挺貼心的，我們還是擁有隨時都能對話的權力，雖然要花一些遊戲幣，但是還是蠻值得。」阿西講到自己的婆，心裡湧出了一股淡淡的思念。「只是我還是忍不住會想她，唉。」

阿嬌於是給阿西打氣。「呵呵，是啊，別想啦，我們去吃貢丸和米粉好不好？」

「好啊，傳說中新竹的貢丸和米粉是台灣小吃中的一絕，沒想到地獄遊戲連這個名產都考慮到了。」

「貢丸和米粉在哪？我們馬上去好不好？」阿嬌雀躍的說。

阿西笑著說：「就在新竹城隍廟喔！這次我們不要忘記，要跟老闆多凹一點東西喔。」

聽到這裡，少年H關掉了三姑的賊耳朵，微嘆一口氣，顯然沒有聽到真正有用的情報。

「算了，」少年H只是微微苦悶了一下，他馬上振作起精神。「去吃吃看新竹名產好了，不知道比起士林的大腸包小腸，有什麼不同。」可是，少年H卻不知道，當他走進了新竹小吃集散地——城隍廟之後，卻對他整個計畫帶來關鍵性的轉機。

因為，在城隍廟中，有一個人正在等他。

任何待過台灣新竹市的人都清楚，「城隍廟」向來是新竹最具代表性的小吃集散地，素有風城之稱的新竹，利用它得天獨厚的特產「風」，創造了風乾米粉，加上鮮豬肉製成的貢丸，新竹市的兩大小吃「米粉」和「貢丸」，在台灣小吃界素來享有盛名。

少年H初來新竹，在無意間就碰上了新竹這兩大法寶，米粉和貢丸。正所謂輸人不輸陣，少年H尾隨著這兩個玩家，來到這座城隍廟附近，吃上一碗貢丸和米粉。

台灣的廟口小吃，向來有一個特色，就是很隨意。在路邊擺上簡單的圓桌，幾張鐵板凳，老闆在路旁當場煮給顧客享用。正所謂老闆煮的得意，顧客吃的隨意，伴著廟裡傳來濃濃的焚香氣味，展現出一種台灣人獨有的蕭灑氣質。

「好吃，台灣小吃當真不賴。」少年H捧著熱騰騰的貢丸湯，吃著滑不溜口的美味米粉，讚不絕口。忽然，他眼前的那張圓桌，又坐進了一個人。

這種廟口小吃，原本就是陌生人一起共桌吃飯，所以這餐桌上多了一個人並不為奇。

但是，這個人一坐上了椅子，卻讓少年H留上了心，因為這個人用手沾了沾貢丸湯，在桌上寫了幾個字……

隨著這人手指的龍飛鳳舞，桌上的貢丸湯汁，留下讓少年H又驚又喜的五個字。

「城隍爺，有請」。

台北城。

阿努比斯拔起了這把日本歷史上第一凶刀，一股邪惡的氣，立刻從阿努比斯握刀的手心透了過來，宛如一條嗜血毒蛇，從手腕蜿蜒爬上了手臂。

在邪氣侵擾下，阿努比斯手臂上幾條紅黑色筋絡高高浮起，好不嚇人。

「不愧是黑榜上的妖刀啊。」阿努比斯眼睛閃過一抹精光。「可惜要控制我，你還差了那麼一大截！」

妖刀村正經過千人鮮血焠鍊，早已幻化成有靈魂的妖物，它知道此刻這是唯一扭轉情勢，逆殺阿努比斯的機會。

於是它出盡一身妖氣，刀身發出恐怖的血紅光芒，光芒裡頭傳來一聲比一聲更淒厲的垂死哭吼，宛如地獄深處的千魔咆哮，萬鬼齊哭。

阿努比斯臉色微微變了，因為他發現眼前這把妖刀，並非他想像這樣容易馴服。因為妖刀的深處，竟然還隱藏了一股更強悍的力量在作祟。

「這是怎麼回事？」阿努比斯咬牙切齒，臉上的狼形木雕，咯咯兩聲，出現了裂痕。

妖刀知道它佔了優勢，邪能繼續催動，血紅光芒竟然隱隱出現無數骷髏人形，人形張嘴發出淒厲的哭喊，尖銳痛苦，彷彿地獄大門忽然洞開，裡面千千萬萬枉死鬼魂，同時湧了出來。

「吼！」阿努比斯大吼一聲，臉上的木雕崩然碎裂，木屑紛飛中，露出原本的狼臉，臉上的硬毛一根根豎了起來！那是一張絕不妥協的憤怒面容。「我不管你妖刀裡面，是哪一股力量依附，在我阿努比斯面前，都要乖乖的給我，屈服！」

阿努比斯這句話剛出口，他左眼再度閃爍奇異的綠色幽芒，一道綠光疾射而出，和妖刀的鬼魂紅光糾纏在一起，只見一綠一紅兩道光線互相纏繞激鬥，竟如同兩條綠蛇在空中咬囓吞噬。

而阿努比斯手上浮起的邪氣筋絡，也在手臂關節處被強行遏止住，黑氣顫動幾下，卻始終沒攻上去。

「吼！」阿努比斯又是一聲野獸怒吼，有如深夜叢林的野狼咆哮，手持妖刀的他，開始忘情舞動起來。

縱然阿努比斯靈力之浩瀚，猶在少年H之上，但是論武藝卻沒有少年H深厚的基礎，一開始舞動妖刀的他，動作十分笨拙，不似一代冥河之神，反而像是小兒痲痹的病患在跳舞，手腳極不協調。

可是當時間漸漸過去，阿努比斯卻越舞越好，舉手投足間節奏渾然天成，每個頓點都是霸氣十足，尤其在妖刀紅氣和綠光眼眸的相映之下，遠遠望去，彷彿是台北一〇一大樓上，紅綠兩色光蛇盤旋交錯，波浪起伏，美不勝收。

隨著時間慢慢過去，當阿努比斯逐漸融入了刀法之中，綠光越來越強，紅光逐漸被抑制了下來。

而妖刀彷彿知道大勢已去，刀身開始劇烈顫抖，試圖掙脫阿努比斯的掌心，可是阿努比斯豈容它藉此脫逃，手心一緊，更把妖刀刀柄牢牢握住，舞步更是激烈。

「哼，能把力量存在妖刀之中，還能有如此威力，這位仁兄肯定是黑榜上A級的人物，可惜……」阿努比斯揚起慣有的霸氣微笑，左眼眼珠綠光頓時大盛，完全壓抑了紅光。

綠光極為盛美，如雪夜極光，如星海波紋，竟然照亮了半個台北夜空，連遠方的人們都可以看到一〇一頂樓閃爍的迷人綠光。

「可惜你的對手是我，我這顆眼珠可是和『安卡（Ankh）』、『聖甲蟲』、並列伊希斯女神三大神器的……『烏加納之眼』啊！」

這句話剛出口、妖刀的紅光終於不敵，整個潰散，瞬間完全被綠氣吞噬。

就在阿努比斯高舉這把妖刀，在台北至高點一〇一大樓，準備要宣告自己乃是不敗帝王的時候，忽然……

他的臉上，露出奇怪的表情。

然後他慢慢的轉過頭，看著自己的背後。

他的背上，竟然被插了一把刀，刀上用有著用鮮血寫成的古老咒文。

這瞬間，阿努比斯所有的力量，都因為咒文而被封印了。

值此同時，一個影子從陽台的另一端慢慢走了過來。他笑臉盈盈的看著阿努比斯，「嘻嘻，阿努比斯你實在太大意了，龍將軍的突擊只是一個幌子，妖刀也只是引你中計的陷阱。」

說到這裡，影子聲音忽然降低，冰冷的語氣讓人頭皮一麻。「我，才是真正的刺客。」

新竹市。

少年H走在這名男子的後頭，進入了城隍廟裡面。這座擁有數百年歷史，遠從清代巡撫劉銘傳時期就香火鼎盛的城隍廟，果然名不虛傳，在表面斑駁的樑木和被香火燻黑的屋簷襯托下，充滿了古蹟風情。

古廟中道路狹長，幽暗深邃，那人也不回頭，直直往前走去，跟在後頭的少年H眉頭不禁皺了起來。

『這地形太過狹窄，如果對方設下陷阱，甕中捉鱉，恐怕對我極度不利。』

只是，少年H雖然心底暗自戒慎，外表卻一如常態，正所謂不入虎穴焉得虎子，更何況如今實驗室軍團的首領白老鼠被九尾狐迷惑，少年H痛失後援，已經沒有什麼退路了。

少年H對自己的武藝有信心，對方就算設局要抓他，他也有把握全身而退。

只見前面那人用平穩的腳步前進，路到盡頭後，天空一片星光乍現，迎面而來的是一個小空地，空地的中央擺著一個古老的銅鼎，銅鼎裡插著三根粗大香柱，白煙裊裊。

一個穿著藍衣，滿頭銀髮盤起的老婆婆背影，雙手高舉過頭，正對銅鼎畢恭畢敬的上香。

少年H心裡忐忑，莫名湧起怪異感覺，忍不住轉頭多看了老婆婆一眼。

這老婆婆……哪裡不對勁呢？

可是，就在少年H將頭轉回來，打算繼續追著領路人的腳步之時……

少年Ｈ赫然發現。

不見了。

那個領路人竟然不見了！

然後少年Ｈ驚訝回頭，同時周圍卡卡亂響，所有窗戶和木門一齊關上，更讓人吃驚的是，每扇門戶上都用硃砂寫上嚴厲的「禁咒」，這是類似地獄列車上的防護法術，在咒語之下，任何生靈都禁止進出。

所以，整個小空地已經完全封閉，只剩下一座銅鼎，一個少年Ｈ和這個正在焚香祝禱的老婆婆。

少年Ｈ緩緩的轉身，正對這位瘦小軀僂的藍衣老婆婆。

老實說，他感到相當困惑，以自己名頭之響，對方竟然只派一名老婆婆，就要和他單挑嗎？

那只代表了一件事……這老婆婆絕對難惹到了極點！

「在下少年Ｈ。」少年Ｈ雖驚不亂，面帶笑容，雙手抱拳，「不知道高人怎麼稱呼？」

少年H還活在人世的時候，潛修武術數十餘年，之後創立武當一派，更從龜蛇撲擊中領悟了震古鑠今的武學——太極。

他死後為地獄政府所延攬，更精修靈學和道術，兩門絕學在少年H手上應用圓轉如意，無論是地獄或是人間，他都稱得上是一代高手。

可是，此刻的少年H的手心卻微微滲汗。

因為一直到他抱拳問候，已經足足一分鐘了，這位藍衣老婆婆卻依然維持相同的姿勢，高舉香柱，對銅鼎恭敬朝拜。

真正讓少年H驚訝的是，他完全摸不透對方的底細。

這老婆婆不是一個什麼都不知道的聾子，就是一個深藏不露的絕世高人。

忽然，少年H眼睛大睜，他發現了一件異事！

這件異事來自老婆婆手上的香，香頭發出微弱的赤紅火光，白煙裊裊從火光中透了出來，而且這白煙……

白煙，竟然筆直朝天。一道如長箭般銳利的白煙，筆直朝向天際，高度直上三公尺，才如蓮花散開。

「能聚氣成箭，高達三公尺。」少年H難掩驚訝之色，「果然非同小可。」

老婆婆對少年H的驚嘆恍若不聞，倒是少年H邁步向前，走到了那座銅鼎之前，順手拔起一根點燃的香。

「小弟獻醜了。」少年H一笑，雙手手指捏住香，仿效老婆婆的姿態，對銅鼎恭敬一拜，一股內力頓時聚集到香柱之上。

只見香上的白煙微微一顫，原本四散開了白煙從四面八方急速收攝起來，只見白煙越收越快，一把銳利如劍的白線，順勢破煙而出，直指向天，這白線正是少年內力所聚。

白線如劍，越攀越高，顯出少年H內力的深厚。可是，這道白線在兩公尺半的地方，就猛然打住。少年H深深吸氣，提氣再衝了幾次，白線卻始終四散，遲遲無法聚集。

兩公尺半，已經是少年H內力的極限了。

這時，原本對少年H漠然不理的藍衣老婆婆，卻轉頭對少年H微微頷首，彷彿在稱讚少年H的表現不俗。

「不。」少年H搖頭苦笑。「只有兩公尺半，比起您的三公尺白煙，我輸得是心服口服。」

老婆婆沒有說話，滿佈皺紋的眼角慢慢瞇起，觀察著少年H。

然後她伸出右手，其中食指和中指伸出，在少年H面前晃了晃。

接著，這兩根指頭慢慢收起，合攏成拳。

這動作看似簡單，卻好像富含深遠意義，少年H只覺得心中一片迷惘，這老婆婆想要告訴他什麼？

而這神祕的老婆婆又是敵是友呢？

如果是敵，為什麼不發動更猛烈的攻擊，反而用這麼文雅的方式較量呢？

如果是友，又為什麼要將兩人封印在這樣的小房間內，而不開誠布公說清楚呢？

就在少年H困惑之際，忽然，老婆婆將手上的香柱插入了銅鼎之中，轉頭對少年H露出一個微笑。

這笑容高深莫測，少年H還來不及思考，忽然他發現，眼前這個銅鼎竟然左右搖擺了一下，它動了起來！

只是動了還不打緊，只見老婆婆又微笑了一下，伸手往銅鼎輕輕一拍。

銅鼎一震，竟然就往上飛了起來。

少年H大為詫異，這座銅鼎一看就知道是上千年的古物，青銅打造，重達千斤，上頭刻著密密麻麻的古老咒文，竟然被老婆婆輕手一推，就推上了天。

『接好了。』

老婆婆看著少年H，她質樸的笑容裡面傳遞出這樣的訊息。

「什麼？」少年H一愣，他看著這個銅鼎在空中轉了兩圈，垂直落在老婆婆面前，然後老婆婆伸出一雙乾枯的老手，往前一拍……

轟鏘！

銅鼎轟然前彈，發出與空氣摩擦所產生的嘶嘶熱焰，有如一顆砲彈，直射向少年H。

「好！」少年H這瞬間不怒反笑，他將原本的香柱移到左手，右手向前，迎向飛馳而來的銅鼎。

「太極式，以柔克剛。」

這個巨大的銅鼎撲向少年H手心的瞬間，不但沒有預期的將少年H整個壓碎，反而像是撞上了一張巨大無形的網子，微微一頓，威猛之勢被太極網整個吞噬。

「給我，轉！」少年H低喝一聲，身體帶動手腕，手腕再帶動銅鼎，銅鼎在空中滴溜溜地轉動起來。

就在少年H面露得意之色，自在控制這銅鼎之際，忽然間他眉頭皺了起來，因為他眼角餘光看見了那個老婆婆的表情……

她正笑著搖頭。

有什麼好笑？有什麼好搖頭的？

少年H心裡的疑問，在這下一秒鐘就得到了解答，因為銅鼎刻鏤的文字忽然發出澄光，在古文間流轉，緊接著一股凜然靈氣從銅鼎的文字上暴射出來。

然後，原本已經在少年掌握中的銅鼎，陡然一重。

「糟了，這次考驗的不是武功，是靈力啊！」

少年H這次覺悟來得慢了一步，夾有強大靈力的銅鼎發出燦爛澄光，掙破了太極之網，來勢險惡，直撞向少年H的胸膛。

少年H大驚，因為他已經避無可避，如果被銅鼎正面擊中，他的胸骨恐怕會碎成千百塊。

在這驚心動魄的一剎那，少年H腦海不禁浮現了一個問題，「這老婆婆究竟是何方神聖?竟然如此厲害！」

台北城。

當一〇一頂樓的夜王陷入苦戰，發出明亮綠光，照耀半個台北天空的時候，台北市半數的玩家都抬起頭，注視這個奇異的天文現象……

「外星人欸，我看到外星人了！」

「這個遊戲真厲害，連外星人都可以模擬！」

「不不！這肯定是一〇一大樓的新活動！」

「新年不是才剛過嗎?馬上又有新活動了?這次的綠光，雖然沒有新年的煙火這麼變化萬千，可是一點都不遜色哩！」

「這次模仿北極的極光嗎？天啊！好美喔！」

「才不是！是外星人啦！」

但是，在這些仰望夜空的人之中，卻有幾個人臉色驟變，他們沒有閒情逸致去欣賞這撒滿半片夜空的絕美景色。

因為在這幾人腦海中，瞬間浮起的一句話是……

『夜王老大出事了！』

他們是直屬夜王的精銳部隊，五個結拜兄弟！

他們在此刻展現過人的機動能力，瞬間從各大街小巷中現身，往台北商圈的核心地帶，一〇一大樓附近集結過來。

正在SOGO週年慶逛街血拼的老二法咖啡，馬上拋下她一整袋的衣物，匆忙間只來得及抓起LV包包，往一〇一方向奔馳而去。

約翰走路正在附近的高級Pub，欣賞一場精彩的調酒秀，當他見到窗外天空綠光盈盈，他仰頭一口喝盡手上那杯藍牌Johnnie Walker，抓起掛在一旁的衣裝外套，對美麗的女侍者微微一笑之後，瀟灑推門離去。

錢鬼距離最遠，他正在士林夜市賣豬腳麵線，當他看到這波綠光，他眉頭一皺，二話不說開始收拾關店，客人們不禁一陣錯愕，平常視錢如命，連週末都不眠不休的錢老頭，今天竟然提早關門？

「抱歉，今天收攤了。」錢鬼雙手擦了擦掛在肚子上的圍巾，「下次請早。」

四個兄弟中距離一〇一最近的是老五Mr.唐，他剛好在附近和一個買家交易，要購買一只蟠龍花瓶，這花瓶是他從「貴一倍」黑市中購買得到的，因為他和老婆跳舞的時候，不小心撞破了老婆心愛的蟠龍花瓶，從此過著水深火熱的生活，好不容易他終於在貴一倍黑市買到了這個完全一模一樣的蟠龍花瓶。

Mr.唐大吼一聲，順手摔去手上的物品，往附近的一〇一大樓狂奔而去，當他聽到那物品鏘噹一聲變成了碎片，他才猛然想起……

「媽啊，我又摔破了一個蟠龍花瓶……回家又要拖地洗碗了！算了算了，幫老大要緊。」

Mr.唐一個人奔到了一〇一大樓之中，猛按電梯按鈕，焦急地抬頭往上看，等待著電梯從頂樓上緩緩下降。

50……40……30……電梯上顯示樓層的數字，逐漸遞減，根據世界記錄，台灣這座一〇一大樓是目前全世界第一高樓，不僅如此，它還擁有全世界最快的升降電梯，每秒鐘十六點八公尺的速度，從頂樓降到一樓不用三分鐘。

可是，對此時心急如焚的Mr.唐來說，無論再快的電梯，他都覺得慢！太慢了！

20……10……5……

電梯終於到了，隨著「噹！」一聲的鈴響，電梯的纜繩嘎然停止轉動，然後厚重的電梯門緩緩打開，電梯內金碧輝煌的裝飾，一點一點呈現出來。

性急的Mr.唐迫不急待想進入電梯之中，甚至用雙手抓住電梯門，試圖要扳開它，只求他能快些進入電梯當中，好讓他去幫老大一把。

可是，就在電梯門開到一半的時候，Mr.唐的動作卻停住了。

他愣住。

因為，電梯裡面，竟然已經有一個人。

這人雙手抱胸，背倚在電梯的牆壁上，臉上掛著淺笑，雙眼卻殺意閃爍，令人膽寒。

Mr.唐呆了一秒之後，才猛然想起要掏出放在腰後的「蠻牛藥水」。

但是，太遲了，

因為，死亡已經從電梯中撲了出來。

* * *

時間過了半個小時後，法咖啡才抵達一○一的現場，當她到達的時候，一○一的一樓已經圍了一大群人了。

其中為首的，是西裝筆挺身材高大的老三約翰走路，他留著一撮帥氣的小鬍子，鼻樑高聳，無論他在原來的現實社會是怎麼一副模樣，至少在這個遊戲中，他是罕見的帥哥。

約翰走路眉頭緊皺，蹲在地上檢視Mr.唐。

肋骨全斷，兩邊膝蓋粉碎性骨折，雙手手腕折斷，腹部被一拳打入凹陷，這拳將Mr.唐的五臟六腑攪得是一團稀爛，全身上下除了頭顱之外，全都成了一灘爛泥。

真正令人驚駭的，卻是Mr.唐竟然還沒死，他呼吸又急又淺，顯然是痛極之後，暈眩過去了。

「好強。」

約翰走路看了半天，卻只吐出這兩個字，他一雙深邃的棕色眼珠，瞳孔收縮，這是人遇到極度可怕事物才會產生的反應。「真的好強。」

「你說誰好強？」法咖啡皺眉問。

「這個大敗老五的高手。」約翰走路吸了一口涼氣：「而且他刻意保持老五的頭顱完整，所以他沒死，就這樣一直承受著痛苦，熬著沒死……」

「我的天！」法咖啡雙手摀住了嘴巴，她忽然明白約翰走路驚恐的原因了，要將一個人的四肢和內臟全部敲爛，卻又讓這人意識清醒而且不斷氣，那這人不只是變態，還是一個強得可怕的變態！

「約翰走路，那……你有看到老大嗎？」法咖啡一想到夜王的安危，忍不住焦急地詢問。

「老大，沒有。」約翰走路臉上盡是憂慮。「他也沒有在樓頂。」

「這……老大去了哪裡？」法咖啡錯愕。

「不知道。」約翰走路搖頭。

「嗯。我相信老大不會有事的。」法咖啡深吸了一口氣，她強壓住內心的震動和驚駭，因為她知道如果老大消失了，身為遊俠團第二把交椅的她，必須要控制住整個局面，千萬不能失控。

冷靜之後，法咖啡的嘴角勉強牽起一個苦笑。

然後法咖啡下達了第一個指令。

「現在重點是先保住老五的性命，因為只有他可能知道全部的情形。」

聽到法咖啡這樣說，幾個遊俠團的人立刻行動，把Mr.唐用擔架扛起，帶去最近的醫院。

「第二步是要封鎖老大消失的消息，除了在場的遊俠團團員外，嚴禁走漏任何消息。我們方才破了台北城，實力尚未穩固，加上四大勢力環伺，他們若是知道老大在這個時候消失，恐怕會群起而攻，弄不好會功虧一簣。」法咖啡第二指令也跟著下來，眾人齊聲答應。

「第三步是要調查老大的行蹤，他為什麼會在一〇一大樓發出綠光？老大如果不是危急情況，不會使用他的綠色眼珠。搜尋的任務，則需要專人負責……」法咖啡抬起頭，看見遠遠的錢鬼也到了。

老四錢鬼穿著白色背心內衣，拖鞋踢踏踢踏的踩著，嘴裡還刁著一根牙籤，鄉土味十足。

「錢老四。」法咖啡說：「關於老大的行蹤，整個台北市的菜市場、小販、夜市，你的管道最暢通，由你負責，可以嗎？」

「沒問題的啦。」錢老四刁著牙籤，台灣國語的說：「法小姐，妳說了算！」

「老三，約翰走路。」法咖啡轉頭看著約翰走路。「你對台北上層社會比較熟悉，包括各大夜店、高級旅館，以及富豪俱樂部，就請你調查了。」

「嘿，ＯＫ。」約翰走路帥氣的眼睛瞇起來，眼角的皺紋給人一種強烈的吸引力。

「Miss法咖啡，我有這個榮幸，邀請妳跟我一組嗎？」

「不要。」法咖啡瞪了約翰走路一眼。「這時候很嚴肅，不要老是想和我約會好不好？」

「哈哈。」約翰走路雙手一攤。「從夜王老大還沒出現的時候，我們兩個就老是打架，我老早就想約妳喝咖啡了，妳都不肯，真是固執的女人！我猜，妳是金牛座的吧？」

「哼，才不是……」法咖啡一笑，這笑容在嘻笑之餘，還有一股強韌的認真和冰冷。「我還有一個重要任務。」

「喔？」錢鬼和約翰走路同時發出疑惑的聲音。「老大曾交給我一份名單，他說如果四大勢力開始失控，或是他消失了，就代替他連絡名單上的人……」

「這名單上的人是？」

「我也不清楚。」法咖啡搖頭，「我只知道這四人和四大勢力的淵源很深，他們受老大一個老朋友之託，潛入敵營，此刻他們甚至擁有左右四大勢力的力量。」

「嘖嘖！這麼不得了！」約翰走路吹了一下口哨，「老大果然深藏不露。」

「現在的情況危急。」法咖啡深深吸了一口氣。「我想，該是請他們出面的時候了。」

新竹市。

古廟內，這座千年古鼎快速旋轉，如同一個無堅不摧的鑽頭，直貫向少年H的胸口。

「失算。」少年H一笑，笑中含苦，既然讓兇器逼上了胸前，那只有硬著頭皮接了。

少年H挺起胸膛，將所有的內力全部運到胸口，在胸口各大穴流轉，這一剎那，足見少年H的功力高絕，他胸口竟然隱隱出現一環太極圖。

銅鼎瞬間即至，威猛無比的千斤之力也即將轟向少年H的胸口。少年H眼睛一閉，牙一咬，因為他知道他胸口倉促組成的太極圖陣，要抵消這股大力，仍稍嫌不足。

受傷是在所難免，只是傷得重或是輕而已！少年H要保留最後一股元氣，因為他還要反擊，絕對不能坐以待斃，這可不是他的習慣。

輸了，也要拖對方一起下水。

就是少年H的戰鬥本能。

可是，正當少年H閉目等待古鼎降臨，他卻發現……「怎麼？銅鼎為什麼還不來？」

早該壓下的古鼎沒有壓下，應該傳來的巨力也始終空蕩蕩的一無所有，這是怎麼回事呢？

當少年H睜開眼睛，眼前的畫面讓他一陣愕然。

古鼎沒有擊下。

而且竟然像是沒有重量似的，懸在老婆婆的手上。

一個身材纖弱瘦小的老婆婆的手上澄光冉冉，浮著一座古老而沈重銅鼎。銅鼎被燦爛溫暖的澄光包圍，輕盈的浮在半空中。

「老婆婆，妳究竟是……？」少年H心中訝異越來越盛，因為他發現老婆婆手上的「澄光」！竟然如此清晰可辨！

這不是地獄無數高手和妖魔共同追求的靈力至高境界……可視靈波！

這老婆婆究竟是誰啊？少年H收斂心神，他到現在仍無法分辨對方的身分，可是對方多次手下留情，應該不是壞人吧？只是……城隍爺應該沒有這樣的神力，這人到底是誰？

城隍廟中，竟然還藏有一個擁有可視靈波的高手？

只見那老婆婆皺起眉頭，搖了搖頭，又比出了兩根指頭，然後兩根指頭靠在一起，最後又收成了拳頭。

「這動作到底是什麼意思？」少年H面色凝重，「老婆婆妳究竟想告訴我什麼？」

兩根指頭如果各代表一件事，靠攏和收拳是表示要讓這兩件事合而為一。

只是，哪兩件事呢？或兩個東西？兩個東西？哪兩個東西需要合而為一呢？

這跟老婆婆不斷發動的攻勢，又有什麼關係？

就在少年H陷入思考之際，銅鼎忽然發出嗡嗡鳴響，響聲震動廟柱，灰塵撲簌簌的落下，銅鼎上的澄光不斷地積聚匯集，有如半空中一個澄色漩渦，絢麗而駭人。

少年H知道，真正的猛招就要來了！

而且，少年H更明白了一件事，如果他沒有辦法在古鼎攻來之前，領悟老婆婆兩根手指頭之謎，那他這趟的地獄遊戲之旅，肯定會結束在這裡。少年H畢竟是有上百年修為的人，猛招來臨前夕，他不但不心慌，反而閉起眼睛，調匀呼吸，進入冥想的境界，開始思索這個兩根手指的謎團。

老婆婆一開始對他做的測試是什麼呢？利用香柱上的白煙，來考驗他的武術和內力。然後，老婆婆推動這個古鼎，原本少年H接得圓轉如意，直到對方驟然發動靈力，他才猝不及防，潰不成軍，差點生命不保。

那謎之兩件事！要合而為一的兩件事，肯定就在這裡面！少年H屏氣凝神，安靜地思考著，完全不顧嗚盪在古廟中的嗡嗡聲越來越響，同時銅鼎外圍的澄光越來越盛，空中那道漩渦已經大到足以覆蓋整片夜空，發出隱隱的風雷之聲。

少年H依舊不動，雙眼輕閉，如老僧入定。

直到老婆婆手指一畫，朝他比去，此時空中這座銅鼎嗡嗡聲頓停，澄光綻放，如星夜彗星，直墜向少年H。

少年H眼睛陡然睜開。

然後嘴角揚起，一個微笑。

「謝謝前輩指點，我懂了哩。」

只是，這句「我懂了」並沒有從空氣中傳出來，因為銅鼎已經以雷霆萬鈞之勢，一路併發轟隆電光，落在少年H的頭頂上。

「一是內力，二是靈力。」少年H朗聲說：「前輩希望我將兩者合而為一吧？武術是道術，道術亦是武術，兩者不分彼此，不受侷限，方能突破自我界限。」

銅鼎以驚人速度墜入了少年H所在的位置，澄光閃爍，像是一片海洋似的淹沒了整個古廟中的空地。

但是，當這片澄色海洋中間，卻有一個點特立獨行，這點黑白流轉，交替閃爍，如汪洋中的小舟，偏偏不被狂浪所吞噬。

這黑色和白色的亮光，交替出現，像是兩道流星互相輪動，盤旋繞出一個完美的圖形，這圖形不是別的，正是「太極圖」！

太極圖的亮光雖然沒有澄光如此清晰，卻已經是肉眼可以捕捉，也足夠保護深陷在澄色之海中央的少年H了。

「恭喜張真人。」原本都不開口的老婆婆終於說話，聲音威嚴又不失柔婉慈祥，「終於到達可視靈波的境界。」

「大恩不言謝……」少年H雙手抱拳，一臉虔誠，凝視著眼前的神祕老婆婆。「前輩絕對不是等閒之輩，可否把大名告知呢？」

老婆婆一笑搖頭，手一揮，澄光之海頓時消失無蹤，只留下空地上一座銅鼎，四平八穩的坐在地上。

然後，老婆婆轉身就走，走向一旁寫滿符咒的大門。「前輩……」少年H亟欲追去，他想到此刻地獄遊戲中黑榜群妖的力量如日中天，正邪兩方強弱力量懸殊，一個能操縱可視靈波的高手在我方陣營，無異是一個重要的強援。

可是，眼前發生的事情，卻讓少年H邁出去的腳步停住了。

因為這位神祕老婆婆，忽然用手摀住嘴巴，彎腰猛咳起來，而且咳完之後，她的手心竟然一片殷紅。

「前輩，妳受傷了……？」少年H大吃一驚，他剛剛才見識到這老婆婆神乎其技的靈力，她肯定是本來就有傷在身，為了幫助少年H體悟「武道合一」的絕學，她才會牽動傷勢而嘔血。

可是，少年H隨即想到，這個地獄遊戲中，竟然還有人能將老婆婆打傷！要打傷一個擁有可視靈波的高手，只有一種可能……那就是還有另外一個「可視靈波」的怪物！會是誰呢？少年H雙手握拳，目送著老婆婆嘔血之後，緩步離開。

在少年H腦海中一片混亂的時候，那寫有符咒門被推開，一個男人和老婆婆剛好擦身而過，這男人顯然對老婆婆相當尊敬，屈腰低頭讓她先過，而老婆婆微微頷首，就從那道門離開了。

少年H帶著一絲困惑的表情，看著那位男人，男人的身材高大，黑面長鬚，眼神威嚴，穿著一襲古老而高雅的中國官服，從外表斷定，這男人不是一城之王，就是統領數千人的高官侯爵。

「張真人嗎？」男人快步走來，態度殷勤，「我們久仰您大名了。」

「嗯？不敢當，敢問您是……」少年H困惑的問。

「我就是這間小廟的主神，城隍！」

「啊？」少年H低呼一聲，「那剛才那位婆婆是？」

「呵呵，她算是我的好朋友兼上司……」城隍朗聲笑道：「她是媽祖默娘。」

「哇！」少年H這瞬間腦袋一片驚喜，「她是媽祖默娘？難怪這麼不愛說話，你們……你們怎麼會來地獄遊戲的？媽祖她重傷嘔血，又是怎麼一回事呢？」

「嗯，這是一個很長的故事了。」城隍爺微微苦笑，對少年H做出一個邀請的動作。「張真人何不隨我來，泡杯好茶，我們慢慢聊呢？」

台北市。

電梯命案現場，法咖啡冷靜而精準的下達命令之後，眾人唧命而去。

出事現場，只留下法咖啡一個人。

她手裡握著夜王給她的名單，想起了夜王曾經對她說的……

「我也知道我們遊俠團有內鬼。」當時夜王面色凝重。「這問題非解決不可。」

「那怎麼辦？」法咖啡看著夜王。

「嗯。」夜王說：「我們需要一個餌。」

「餌？」

「是的，我們需要一個能引出內鬼的餌，這餌一定要相當誘人，不然內鬼潛伏了這麼久，事事小心，不會這麼輕易上當。」

「嗯。」法咖啡點了點頭。

「這裡有一張名單，是我一個老朋友叫做少年H，他離開台北之前交給我的。名單上有四個人，他在薔薇團、夜鷹團、菲尼斯團和天使團內部各安插了一個人，一方面保護該團團長，一方面成為我們最有利的內應。」

「哇。」法咖啡驚嘆。「少年H？就是那個大鬧台北市警局，還大敗老五的神祕高手嗎？」

「沒錯。」

「老大您人面真廣，連這樣的人都能認識。」法咖啡微笑。

「呵呵，我跟他是老朋友了。」夜王嚴肅殘酷的表情，露出罕見的笑容。「這張名單很重要，織田信長如果要破壞台北城，一定要瓦解或分裂我們五大勢力，而這四個人會成為關鍵。」

「我懂了，織田信長的殺手，會想要殺掉這四個人！因為他們是分裂台北城的重大阻礙。」法咖啡點頭。「但是，他們如果知道這張名單在老大手上，內鬼會敢來搶奪嗎？」

「不敢，因為他們知道我很難惹，對他們來說，損失太大了。」夜王眼睛綻放銳利的光芒。「所以我們還要替內鬼佈置一個最安全的舞台，讓他敢來拿餌。」

「啊？」法咖啡聰明絕頂，這剎那她隱約捉摸到了老大的想法。

「法咖啡，妳果然夠聰明。」夜王一笑，「我要讓人來暗殺我，換句話說，我要讓內鬼以為我死了，順便讓名單曝光。」

「可是……」法咖啡心跳撲撲地加速跳著。「老大，您會有危險啊！」

「嗯，我的目的不只是要逼出內鬼，還要逼出對方最強的殺手，對方手上一定還有王牌，沒看光對方手上的王牌，我們一定會打得很辛苦。」

「可是……」法咖啡欲言又止，她雖然知道這計畫雖然風險很高，但是在夜王的設計下，還是精彩可期，只是……她內心就是有一個聲音在告訴她……

『我不想讓老大冒險，不想，一點都不想！』

「法咖啡，我非常信任妳的領導能力，我不在的時間，遊俠團就靠妳了，我會製造讓對方殺手突襲的機會，然後我會潛藏起來，妳等我留給妳的訊息，好嗎？」

「可是……」法咖啡嘴裡吐出了第三次「可是」，但是她心裡卻比誰都清楚，她無法阻止這次的計畫，因為她了解夜王，太了解也是一種無奈。

「等我的消息。」夜王聲音堅定卻又溫柔。「好嗎？」

「嗯。」法咖啡低下頭，輕輕地嗯了一聲。

當法咖啡從回憶中拉回現實，她依然站在這片被鮮血濺滿的電梯前。

她的表情卻沒有一點喜悅。

因為，計畫出錯了！

電梯中驚心動魄的激戰，老五重傷垂死昏迷……這根本就不符合原先的計畫。

法咖啡內心浮現了極恐怖的預感，難道，對方派出的殺手，真的打敗了老大夜王嗎？老大夜王真的死了？

不然，為什麼整個現場，老大沒有留下一點消息給她？

老大是自己消失的？還是被人殺掉？法咖啡一點線索都沒有。

所以法咖啡固執地留在現場，她要找出任何蛛絲馬跡，來求證老大究竟發生了什麼事？

就在此刻，法咖啡的表情忽然變了，因為在電梯的血跡逐漸凝固，幾行字竟然慢慢浮現了出來。

法咖啡大喜地看著這幾行字從模糊到清晰，臉上喜悅的表情卻隨著時間，越來越僵硬，逐漸凝重起來。

因為這幾行字，她看不懂，她甚至分不清是誰留下的……

那幾行字是這樣寫的……

『那男人的希望啊，我在等妳啊！』

地獄
戰役

第三章《伊西斯三聖器》

在台灣的眾多廟宇中，大抵上分為兩種，一種是陽廟，一種是陰廟，陽廟日夜都可以祭拜。而陰廟則避免晚上入廟。為什麼呢？因為陽廟供奉的是神祇，舉凡位列仙班的神，無論大大小小，地位高低，都被奉為陽廟，上至玄天大帝，小至土地公，都屬於陽廟的範疇。

相較於陽廟，陰廟拜的則是鬼，那些被受人尊敬的鬼中之王，像是仗劍除鬼的鍾馗，還有掌管百鬼的城隍爺。

新竹的城隍，在清朝被冊封為「都城隍」，在眾多城隍中的地位又高了一籌，而位於新竹市中心的城隍廟不僅是香火鼎盛，更成為小吃文化匯聚之地，同時也是許多土生土長新竹人共同的美好回憶。

此刻，少年H和這位新竹市民共同景仰的城隍爺，共桌喝茶。

「唉，我和媽祖來到地獄遊戲，比你早上幾個月。當時這款遊戲在台灣各地推出，不少玩家忽然昏迷，簡單來說，就是靈魂被遊戲給吸入，引起了不少的恐慌。」城隍啜了一口茶，語重心長的說：「媽祖留意到這件事，邀我一同調查，沒想到越查越驚，地獄遊戲架構之大，牽涉範圍之廣，遠超過我們的想像。」

「嗯。」少年H點頭，當初他剛接觸地獄遊戲時，也感受到相同的震撼。

「我們先跟地獄政府報告，地獄政府反應並不大，大概是認為我們台灣這個小地方，能鬧出多大的事情？可是，不久之後，我們卻接到了一封信。」

「一封信？」

「一封來自埃及古神廟的信，信裡面說，埃及主神之一伊希斯注意到了這裡，決定親自前來。」

「啊？」少年H眉頭一皺，「伊希斯的名頭我聽過，好像是埃及古文明中的魔法女神，力量之強，幾乎可以和中國的女媧大神並駕齊驅，只是她為什麼會來這裡？」

「我不知道。」城隍捻了捻鬍鬚，搖頭。「我們收到信之後，自然是又驚又喜，有這樣一個大後盾來台灣，多難纏的鬼怪都一併收拾了……不過……」

「不過？」少年H問。「不過，」城隍苦笑，望著三根手指捏住的茶杯，「我們進入遊戲之後，卻發現完全不是那麼一回事！這遊戲裡面，還有一個怪物，不，也許該稱為神，力量不在伊希斯女神之下。」

「當真！」少年H驚問。「誰？」

「黑榜上的紅心A，濕婆破壞神。」

「果然，是來自印度的破壞之神啊！」少年H一想到濕婆，不自覺嘆了一口氣，「最糟糕的情況果然發生了，濕婆的確在地獄遊戲裡面，那媽祖默娘就是被祂打傷的？」

「沒錯。」城隍回想起和濕婆交手的經驗，餘悸猶存。「那天媽祖和我正打算去找織田信長，我們原本要勸他收兵，如果勸不聽，也不惜動用武力。」

「嗯。」

「結果，我們還沒找到織田信長，剛下火車，正踏入台南地下道，忽然，媽祖拉住了我的手。」

「嗯。」少年H看見城隍的表情變了，顯然當時受到了一定程度的驚嚇。

「默娘不愛說話，只是露出戒慎的表情，我則是愣住了，往周圍看去，然後我說：『還好啊，地下道本來就是陰靈聚積之地，這裡不過一個算命鬼、流浪漢鬼，還有一個小鬼……對了那個孕婦鬼是比較兇惡一點，但是也無傷大雅啊。默娘啊，妳可是神欸，妳不會害怕了吧？』。」

「嗯。」少年H沉思。

「默娘抿嘴搖頭，表情依舊嚴肅，我知道默娘的修為比我高，她肯定發現了什麼，才會露出這樣的表情……但是，我算是遲鈍了一點，遲了一步才發現……」

「發現什麼？」

「發現，我們迷路了，根本走不出這地下道。」

「啊？在地下道迷路？」少年H訝異。「地下道應該是很簡單的建築構造啊。」

「沒錯。」城隍說：「可是我們怎麼走都走不出這條地下道，迂迴的道路彷彿沒有盡頭，亮白色的燈光映在古舊牆壁瓷磚上，前面景色卻一片模糊，竟然讓我升起了一股寒意，這是鬼打牆啊！」

「天啊。」少年H吞了一下口水，當時的情境一定相當詭異，城隍爺好歹也是統領群鬼的鬼王，竟然遇到了「鬼打牆」，這不是打鬼遇到了鬼祖宗嗎？

「然後，不知道什麼時候，我們的腳步聲多了一個。啪搭啪搭，腳步規律地跟著我們走，在鬼打牆瀰漫的地下道中，陰魂不散，毛骨悚然。」

「嗯。」

「這時候，原本不愛開口的默娘忽然出聲了。」

城隍爺說到這裡，用力吞了口水。「她只說了一個字……『逃！』。」

「逃？！」

「就在默娘這句話出口的同時，我們的背後忽然傳來一聲怒吼，吼聲如雷貫耳，連地下道都搖晃起來，氣勢彷彿一頭猛虎從我們背後撲來。默娘知道逃不了了，毅然回頭，雙手成掌，迎向背後的聲音。」城隍說：「老實說，在以前我還覺得媽祖香火鼎盛，受人尊敬，是因為她心懷慈悲常替人消災解厄，事實上沒什麼實力，可是一看到她反撲的高強功力，我才真正服了。」

「澄光的可視靈波嗎？」少年H接口，他和媽祖交過手，也深知她的厲害。

「沒錯。」城隍說：「可是，我們和對手力量差太多，只打了幾招，我就看見默娘往後跌開，如砲彈般撞入牆壁，硬是嵌出了一個大洞，而我更別說了，當我看到對方威猛的形象，竟然驚駭得連武器都舉不起來。」

「這麼厲害！？」少年H一驚，雖然他早聞名黑榜上的A怪物，都是古往今來的大魔神，甚至連地獄政府都不敢抓，只是沒想到會厲害至此。

「是啊！但是看到對方的形象，三隻眼睛，四隻手，藍色的喉嚨，背上披著虎皮，手上抓著一頭鹿，一根巨棒，我猛然想起了一個神，一個威震印度古文明的破壞神……」

「是濕婆？」少年H問。

「正是濕婆！」城隍爺用力點頭。「那你們是怎麼從濕婆手底下逃出來的？」少年H想像當時情境的緊張，急忙追問。「你們竟然可以扭轉劣勢？」

「我們沒有擊敗濕婆。」城隍嘆了一口氣。「我們是被人給救了。」

「有人救了你們？在場還有其他人？」少年H又是一驚，這城隍說故事的能力還真厲害，一個好好的故事，被他說得是七彎八拐，高潮迭起。「是。」城隍點頭。

「是誰？」少年H再問。

「他不是人。」

「啊？不是人？」

「救我們的，是一隻蟲，一隻甲蟲。」

「咦？一隻甲蟲？！」少年H露出不解的表情。

「是的，它是一隻甲蟲，它不知道怎麼突破濕婆的結界，竄入了地下道，它發著柔和的白光，在地下道飛舞，畫著優雅的圓形，圓形好像是一道防護罩，在保護我們。而濕婆見到這隻蟲，顯然有所忌憚，手上的巨棒舉在高空中遲遲不落下，面露冷笑，然後祂開口了。『哼哼，聖甲蟲，聖甲蟲！妳是決意要插手了嗎……伊希斯！』。」

「聖甲蟲！」少年H詫異的說：「和安卡、烏加納之眼，合稱伊希斯三聖器之一的聖甲蟲？！」

「沒錯！」城隍一笑，「聖甲蟲出現，我和默娘都是又驚又喜，伊希斯女神的出手，直接威脅了濕婆，濕婆冷笑兩聲之後，沒有戀戰，轉身離去，臨走之前還撂下狠話，『這次我就賣面子給妳，看是妳先阻止黑榜群妖，還是我先率領妖怪們闖入地獄大門。』」

「嗯。」少年H點頭。「看樣子，伊希斯女神和濕婆的對峙，會是這場地獄遊戲的最後關鍵了，對了，你們後來有看到伊希斯嗎？她有對你們說什麼嗎？」

「沒有。」城隍搖頭。

「為什麼？」

「因為操作聖甲蟲的人，並不是伊希斯。」

「咦？」

「那聖甲蟲跟我們這樣說，伊希斯進入地獄遊戲的時候，發現自己的力量太強，地獄遊戲無法一次接受所有的力量，於是將她自己的力量和靈魂分開進入遊戲，力量被存在三個部份，也就是伊希斯三聖器。『安卡』、『烏加納之眼』，以及『聖甲蟲』，然後伊希斯沉睡在某個人的體內，只有收集全部的聖器，才能喚醒這位古埃及的魔法女神，來抵抗濕婆。」

「原來是這樣！」少年H點頭。「沒錯，這也解釋了濕婆進入地獄遊戲之後，一直不肯露臉，選擇躲在幕後操縱一切的原因，也許濕婆和伊希斯一樣，都還沒有湊齊所有的力量。」

「是。」城隍點頭。「按照傳說記載，濕婆的四隻手，應該分別抓著虎、鹿、巨棒和長弓，這次祂缺了一把長弓，更重要的是，祂額頭上的第三隻眼睛仍是閉著的，力量顯然尚未全部恢復。」

「難怪濕婆見到伊希斯的聖甲蟲會有所忌憚，祂的力量也尚未成形。如果真要硬打，沒有十成把握獲勝。」

「嗯。」城隍說：「應該是這樣。」

「對了，我剛想到，能遇到你們真是湊巧！」少年H像是想到什麼似的，說道：「因為我有一個計畫，需要非常熟悉新竹的人來幫我。」

「什麼計畫？」

「我想綁架新竹王城的的主人——股王！」

「什麼！」城隍先是一陣驚愕，思考半晌之後，卻忍不住拍手大笑，「好招，好招，怎麼我們都沒想到這一步，控制股王之後，我們就等若擁有一整個新竹王城的兵力了！」

「只是，我現在遇到了困境，我需要一個熟知新竹地形，對科學園區瞭若指掌的人。」

「這……」城隍遲疑了一下：「可惜我和默娘兩人都深受重傷，恐怕幫不上忙，反而成為累贅，啊！對了！我可以介紹一個朋友給你認識，他雖然稱不上高手，但是身手極為靈巧，而且科學園區對他來說，就像是後院一樣熟悉啊……」

「啊！真有這樣的人？那是誰呢？」少年H驚喜。

「他是一位小神，現在居住在交大校門口之外的土地公廟內，要怎麼找他呢？」城隍像是想到什麼似的，笑了出來。「對了！他最愛喝泰山仙草蜜，只要用一罐仙草蜜，就可以把他請出來了！」（註一）

註一：據說，交大外面的土地公廟非常有名，只要以泰山仙草蜜祭祀，就能保佑大家順利考上研究所。

此刻的台北，微雨微寒，一個穿著雪白外套的女人，正站在「中山」捷運站外頭，彷彿在等著誰。

她的姿態雖然優雅，從她游移的眼神，卻不難發現她心情的焦急。她是法咖啡，她正在等待「名單上的四個人」。

為了見到這四個神祕人物，她在黎明的石碑留下這樣的暗語，「七日之會，邀老友一聚。」

根據夜王老大的說法，只要看了這幾個字，這四個埋伏在薔薇團、夜鷹團、天使團和菲尼斯團的間諜，就會依約現身。

法咖啡需要他們報告四大戰團的情報，也需要他們協助找尋夜王，更重要的是，她要保護這四個人的身分，黑榜殺手精銳盡出，在台北城肆虐，他們的性命比這一切都還重要。

所以，法咖啡並沒有和遊俠團的夥伴透露太多訊息，她只是一個人，悄悄來到中山捷運站赴約。

只是，她內心仍然忍不住擔心，她的老大夜王究竟發生了什麼事？距離一〇一慘案的發生已經過了三天，老大卻依然音訊杳然。

正當法咖啡陷入沈思之際，她的眼前忽然出現了一個人，這個人穿著黑色斗篷，看不清面容，他快速走過法咖啡面前，而兩人擦身而過的剎那，法咖啡手上就多了一張紙條。

法咖啡攤開紙條一看，心中一喜，因為紙條上寫著幾個字……

「請跟我來。」

法咖啡展露笑顏，邁開腳步，追上了那個穿著斗篷的背影。

中山捷運站鄰近台北車站，兩站的步行時間約十五分鐘，這裡地處繁榮，也是大台北商圈的一部份。它外頭有新光三越和衣蝶兩大百貨公司遙遙相對，是上班族最常聚集的地點。

不過它外表看來雖然熱鬧，其實，這裡的基礎地形，卻是複雜綿密的小巷，暗巷如蜘蛛網絡般，交織在這兩棟百貨巨人的腳底下。

而且暗巷中藏有豐富的美食餐廳，是許多老饕探險的最佳天堂。

但是……這樣的地形，對法咖啡這個陌生的闖入者來說，卻相形危險，不，應該是極為危險！

法咖啡懷著興奮的心情，跟著穿著斗篷的人走進了小巷，沒走幾步，她機警的女性直覺，立刻取代了原本的高興心情。

暗巷和殺機，是密不可分的啊！

當法咖啡意識到這問題，她的身後又悄悄多了兩個人。

加上前面那個帶路的斗篷男子，現在是三對一。

法咖啡有點後悔自己的大意，但是她依然保持冷靜，此刻不能慌，這一切果然像是老大說的，這張名單會吸引敵人注意。

而名單這件事也只有少數人知道，扣掉還躺在醫院的Mr.唐，這樣內鬼的可能人選剩下兩個，不是約翰走路，就是錢鬼了。

法咖啡嘆氣，好不容易將內鬼範圍縮小到只剩下兩人，她卻未必能夠活著把消息帶出去。

「啪！」

一聲怪聲響起，法咖啡頓時感到背後有一陣寒意，破空而來！

法咖啡頭也不回，手中藍光燦爛，一把槌子憑空出現，她腰一扭，直接甩向這股寒意。

「噹！」

法咖啡手一揮，槌子正中這股襲來的氣勁，但是這一槌，不但沒有她所預期地將這氣勁擊散，反而讓法咖啡手臂一滯，險些舉不起來。

法咖啡低頭看去，一條透明如唾沫的線，黏上了她的槌子。

「啊～～這是什麼啊！」法咖啡生性愛清潔，看到這樣唾液般黏線，頓時尖叫起來。

她催動法術，藍光中槌子又大了一倍。然後她雙手握住槌柄，發狂舞動起來。

可是無論法咖啡怎麼舞動槌子，這條可怕的唾線，卻怎麼也甩不脫。

「放棄吧，我的絲線怎麼會是妳一把小槌子能扯斷的？」對方冷笑兩聲。

「是嗎？」法咖啡一笑，笑中依然是自信滿滿。

因為法咖啡這一笑過後，這槌子又長了一倍。

「再來！」只是，法咖啡這次不再甩動槌子，反而拉著槌子往遠方跑去。

「想跑？沒用的！」對方嘲笑，「我的絲線彈性極強，你跑得越遠，只會把妳彈回來得更快而已！」

只見法咖啡不再回答，只是雙手握緊槌子奮力跑著，槌子扯動黏線，黏線越長，也越來越繃緊！

而，在這雙方拉鋸的幾秒鐘，法咖啡的槌子已經進化到了第三修，又大了一倍。

「妳想逃到哪去？」對方狂笑。

「這裡就差不多了。」法咖啡終於停下了腳步，回頭一笑。

此刻，槌子上的黏線已經繃緊到了極限，有如一彈即斷的銳利箏線，橫亙在法咖啡和對方之間，連細微顫動都顯得驚險。

「給我，回來！」對方狂吼一聲，頭一側，一股大力悍然而至，將法咖啡猛往後一扯。

扯力之大，竟然將法咖啡凌空扯飛，有如一個大風箏，飛向黏線的主人。

「哈哈哈，看妳怎麼逃……咦？」對方只笑了兩聲，頓時啞了，因為他看見空中的法咖啡，她手裡的槌子又長了一倍。

第四修！光是這一槌，就可以震散龍將軍的魂魄！不僅如此，被黏線扯上空中，有如一頭翱翔天際飛鳥的法咖啡，此刻她的雙手把槌子高高舉起。

挾著黏線彈回的速度和威力，法咖啡的槌子映著星光，惡龍般的槌頭，吞吐著駭人的氣勢。

「謝謝你拉我一把，讓我能靠近你啊！哈哈！」法咖啡笑了，同時，槌子在空中直線落下，如同書法中的劍筆，直落敵人。

黏線的主人表情驚愕，他怎能料到法咖啡竟然利用黏線反彈的力量，來反守為攻。

黏線主人發出怪聲，他雙腳用力，蘊含強大能量的青筋，蜿蜒散佈在大腿表面。

蹦！他跳了起來！

這一跳，竟然跳得又快又遠，連法咖啡的槌子都沒能追上他。

巨槌落地，土石紛飛，在地上炸出一個大洞，但落空了！

「你！」法咖啡雙手持槌，沒有乘勝追擊，反而愣愣地看著前方，因為在剛才電光火石的瞬間，她看清楚眼前對手的模樣……

竟然是一隻蟾蜍！還是一隻背上長滿凸疣，醜惡至極的三腳蟾蜍！

新竹市。

少年H乘車來到交通大學的大門外，果然找到城隍口中所描述的『愛喝泰山仙草蜜的土地公廟』。

少年H先用遊戲幣買了六罐泰山仙草蜜，擺在土地公廟的供桌上，燒了一柱香，誠心祈求土地公顯靈。

就在等待的時候，少年H雙手持香，雙目微閉，回想起不久前媽祖默娘提醒他的……要將道術和武學合而為一。

他端正不動，忽然手上香柱的白煙微微一顫，一道筆直朝天的白氣，從裊裊四散白煙中，直竄了出來。

白氣不斷往上，直衝天際，有如老鷹盤旋上山頂，千雲之間振翅高飛，氣勢持久不衰。

「武就是道，道就是武，以靈力輔佐武術，以武術強化道術，一是心，一是體，合而為一。」

少年H在城隍廟待了幾天，趁機和默娘討教不少「可視靈波」的心得。

如今他端香在土地公廟前，更是將自己心靈回到最初的境界，如幼兒胎動，渾沌雲霧中一道曙光破出，他潛回心裡最深的地方，對周圍一景一物的感受力卻越來越鮮明，彷彿一切都融入了自身之中，他是大地，大地也是他，再也無分你我。

手上香柱的白氣，也越攀越高……

原本如同一座高牆，難以跨越的兩公尺半，這一次卻履險如夷，嘶一聲，就越過了這高度，繼續往上。

「好厲害！好厲害的靈力和武術！啪啪啪啪！」就在此時，少年H的耳中聽到一個歡呼的聲音，這聲音俏皮輕鬆，有一股奇異的魅力，讓人一聽心情就忍不住飛揚起來。

少年H微微一笑，睜開眼睛，看見他手中香柱的白煙已遙遙上了天際。

「內力和靈力合一，白煙直上四公尺半仍然不見衰弱跡象。」那個聲音又說話了，「想必你就是城隍老友介紹給我的那個朋友吧，張真人？」

「沒錯。」少年H轉頭看向聲音的主人，心裡倒是閃過一絲詫異，原本他預想會見到一名身穿古裝的長鬚老人，因為這是土地公共同的形象。

但是，此刻在他眼前的這名土地公，手裡拿著一罐剛開過的泰山仙草蜜，身上穿著一件寬大的白色T恤，短褲頭，腳下一雙藍白拖鞋，頭髮染成淺棕色，笑容可掬，身高175公分，大概二十餘歲的模樣。

「怎麼了？張真人，我的樣子很怪嗎？」土地公搔了搔頭髮，嘻嘻一笑。

「是……是還好啦……」少年H眼睛眨了眨，他自己都可以投身為十幾歲的少年了，土地公為什麼不能變成二十幾歲的邋遢年輕人呢？

「張真人，我這身行頭可是大有來歷的喔，人說理工男生有三寶，不合身的白色T恤，短褲頭，和一雙陳年的藍白拖鞋。」土地公嘻嘻一笑，「其實這是三樣寶物，各有神能，將來你就會知道啦。」

「呵呵，我信你。」少年H一笑，不知道為什麼，他非常信賴眼前這名外貌二十餘歲的土地公，因為少年H嗅到了一種和自己極為相似的味道。

那是一種「真人不露相」的味道。

「土地公，你應該從城隍爺那裡知道了我來這裡的目的，請問你有什麼計畫嗎？」

少年H回到正題，詢問道。

「計畫嗎？」土地公喝著仙草蜜，歪著頭想了一下。「那就『泡溫泉』吧。」

「啊？」少年H一呆。「泡……泡溫泉？」

「在新竹有一家很棒的溫泉飯店，不是我在說，這溫泉引用新竹深山上最原始純淨的泉水，位置隱密，加上飯店還供應媲美五星級餐廳的溫泉美食，可以說是新竹旅遊中最豪華的享受了。」土地公滔滔不絕地說著。

「等……等一下！」少年H忍不住打斷了土地公的話。「此時此刻，織田信長的大軍已經蓄勢待發，隨時會發動猛攻，抓到股王這件事可以說是迫在眉睫，你卻……要去洗溫泉？」

「咦？我沒跟你說嗎？」土地公露出奇怪的表情，搔了搔頭。「要抓股王，唯一的機會，就只能在這家溫泉飯店裡頭了啊。」

「要抓股王的唯一機會？」少年H看著土地公。「就在這家溫泉旅館？」

「是啊。」土地公點頭如搗蒜，「在新竹，像這些身價數百億的大老闆，平常到哪裡都是戒備森嚴，可是，他們有一個共同的樂趣，就是泡泡溫泉來放鬆自己。尤其泡溫泉是一種全身脫光光的活動，大老闆們的身材又沒多好，一定會叫手下撤開的。」

「啊。」少年H說：「我懂了。」

「你懂了吧，所以我說你一點都不笨。」土地公笑著說：「所以我們唯一的機會是混進那間溫泉旅館，雖然說是唯一的機會，但還是有一定的難度，況且我們不能殺他，要留他一條命來號令新竹王城。」

土地公說到這裡，微微一頓，露出困擾的表情。「不容易啊不容易！」

「所以才要請你來幫忙。」少年H說：「這計畫有相當的風險，但是我們非成功不可。」

「沒錯，而且我還有福利啊。」忽然，土地公露出賊賊的一笑。

「啊？什麼福利？」

「洗溫泉，就是要全身脫光光……」土地公嘿嘿的笑著，「張真人，嘿嘿。我們剛認識，我就會代替讀者，看到你一絲不掛的裸體了，真不好意思啊，哈哈。」

台北市。

法咖啡看清楚了偷襲者的真面目，竟然是一隻醜陋的三腳大蟾蜍。

「三腳蟾蜍……」法咖啡看著這隻妖怪，想到牠剛剛對自己的槌子，噴了一口黏呼呼唾液，不由得一陣噁心。

「三腳蟾蜍，你真是一個廢物，難怪你的黑榜排行落在我後面。」另外一個躲在斗篷底下的人發出冷笑，聲音又輕又媚，讓法咖啡頭皮發麻。

法咖啡心中一凜，握了握手中的槌子，她心裡升起一股不祥的預感，接下來這傢伙，恐怕只會比三腳蟾蜍更難纏啊！

「哼。」三腳蟾蜍哼了一聲。「老子的絕招還沒出來，只要老子一出絕招，這漂亮的女娃的臉就毀了，我是憐香惜玉好不好！」

「哼哼，你也會憐香惜玉啊？」那聲音冷笑，一雙手從斗篷中伸了出來，高高舉起，只見她五根手指迎著月光，按照節奏緩緩舞動起來。

這十根指頭纖細如嫩蔥，如白玉，令人怦然心動。

手指頭太美，美到連法咖啡都瞧得呆了。

「來啊，小姑娘，來啊……」斗篷中的那女子輕輕呼喚，「乖乖聽我說話，我是妳最好的朋友啊，對朋友怎麼可以拿著武器呢?乖，放下武器，我是妳最好的朋友啊……」

女子的聲音輕柔，伴隨著手指舞動，組成一首強烈的催眠舞曲，法咖啡竟然神智恍惚起來。

「最好的朋友……妳是我最好的朋友……」法咖啡只覺得一陣暈眩，她忍不住一步一步往那女人靠近，手上槌子軟弱無力地放下，在地上拖行。

「對嘛。這才對嘛。」女人嘻嘻一笑，聲音更加甜美了。「快過來，快過來，乖女孩，我這裡最溫暖了……」

「是……」法咖啡眼神迷濛，腳步虛浮，慢慢地走著，此刻的她受到了對方魅惑，只想躺到對方懷抱裡，從此忘卻她想要破關的慾望，她想要離開遊戲回到人間的願望……

「很好，再幾步就可以過來了，來這裡，把一切都告訴我，把一切都交給我，因為我就是妳最好的朋友，妳要絕對信任我。」那人聲音越來越嬌媚。「絕對信任我……」

「是。」法咖啡繼續前進。「我要絕對信任妳……」

「快告訴妳最好的朋友，名單上的四個人是誰？」女人邪笑。

「是……」法咖啡眼神迷濛，音調毫無抑揚頓挫。

「是誰？」女人繼續追問，十根手指頭在月光下優雅緩慢地舞動，美麗迷幻，讓人無法自拔。

「是……」

忽然，法咖啡的話停住。

她頭抬起，雙眼綻放銳利光芒，笑了，「是妳老娘的這根槌子啦！」

「什麼！」女人大驚。

可是，她還來不及反應，法咖啡雙手握槌，猛力揮了過來。「第五修！」此刻法咖啡的臉上，揚起嘲諷的笑容，「盡情享用啊！寶貝！」

斗篷女人發出一聲尖叫，雙手摀住臉龐。「別打我的臉！別打我的臉啊！」

第五修的槌子，跟前面四修截然不同的是，它不僅更加巨大了，這次，連形態都跟著改變了，槌頭成三角形，頂部尖銳如鑽子，純黑的色澤透露出絕不妥協的冰冷殺氣。

「我不管，全砸了！」法咖啡下手絕不容情，槌子眼看就要把斗篷女人整個打扁！女人用力尖叫起來，「秦大哥！救我啊！」

這聲秦大哥聲音剛過，法咖啡身軀猛然一顫。

不是因為怕，也不是因為她手臂無力，而是她的槌子，竟然像是撞上一堵牆似的，被一股怪力給硬是擋住！

更令她驚駭的是，這股力量帶起的反震力道，竟然讓她差點連槌子都抓不住。

法咖啡往前一看，發現那股怪力，來自一把長槍。

槍頭上紅纓飄飄，如閃電般介入了槌子和斗篷女人的中間，抵住了槌子。

「退下，白骨精。」這位「秦大哥」聲調低沉，穿著一襲唐代盔甲，高大威猛，單手提著紅纓長槍，儀態間自有一股凜然威嚴。

「是……是……秦大哥……」白骨精倉皇退下，眉宇間藏不住對這位秦大哥的依賴。「這女孩她竟然不怕我的魅惑之術，我不知道怎麼回事！她肯定有特殊能力！」

「姑娘。」秦大哥手腕一轉，盪開了法咖啡的巨槌。「得罪了。」

法咖啡只覺得手臂一陣痠麻，她內心越來越驚，她明白這位秦大哥，才是偷襲三人組中的真正領袖。而且他隨手的一擋，竟然就讓法咖啡的手臂差點舉不起來。要擊敗他，就必須提升到第六修，但是……法咖啡猶豫著，第六修的工數之槌太耗靈力，加上她尚未練道爐火純青，冒然使用，反而會讓自己陷入危險之中。

法咖啡腦中瞬間閃過無數的可能性，所有的可能性卻都共同指向一個結果，那就是……輸了！

所以，要逃！

但是怎麼逃？

法咖啡背後冷汗涔涔，扣掉她必敗無疑的秦大哥，還有一個尚未出全力的三腳蟾蜍，和同樣不好對付的白骨精。

她逃得掉嗎？法咖啡用眼角餘光掃描附近的地形，心臟撲撲地跳著，中山捷運站複雜彎曲的迷宮小巷，能帶給她一線生機嗎？

新竹市。

新竹這家溫泉旅館藏在深山之中，它擷取山中的清流和孕育許久的硫磺熱氣，水質純淨，是富豪們的熱門溫泉去處。

而在土地公的帶路之下，少年H來到了這間神祕的溫泉山莊。
「股王在這裡擁有一間專屬的VIP套房，雖然說防衛不比平時那樣銅牆鐵壁，但是，如果我們要偷襲，也是極難得手的。」土地公悄聲跟少年H說。
「嗯，我想也是，你有什麼計畫嗎？」少年H說。
「要綁架股王並不容易，我建議我們兵分兩路。」土地公說。
「怎麼一個兵分兩路法？」
「能進入溫泉山莊核心的有兩種人，一種是前來泡湯的客人，一種就是替客人按摩的服務人員。後者多半是年輕有手勁，又有經驗的女孩。」土地公說到這裡，又露出怪異的賊笑，看了少年H一眼。「嗯。」少年H被土地公的眼神，看得心裡發毛，他眉頭皺起。「然後呢？」
「要成功地裝成客人的模樣，基本上沒有什麼限制，長得像牛鬼蛇神都沒關係，但是這個人主要是負責整個計畫的外圍支援，成功的關鍵仍是能貼近股王身邊的那個按摩人員。」土地公說著說著，臉上的表情越來越賊。
「嗯，繼續說。」少年H則是被看得越來越毛。
「是啊，但是按摩人員要求的是年輕的女孩，我這副又髒又邋的樣子，肯定過不了關，但是呢……張真人你外表看起來就是十幾歲的模樣，這年紀少男少女的外表，基本上差異不大。」土地公嘻嘻一笑。

「所以，張真人啊，我覺得這個按摩女郎再適合你不過了！」

「哼，你的計畫是不錯。」少年H把計畫每個細節想過，要綁架股王，溫泉山莊似乎是最佳地點，而土地公的分析也合情合理。

「是嘛是嘛！張真人！」土地公痞痞地笑著：「那你就是答應要裝扮成按摩女郎囉？」

「嗯。沒有其他接近股王的辦法了嗎？」少年H面無表情，沉吟道。

「沒有了沒有了！」土地公猛搖頭，心裡暗暗想著……（你就當作服務讀者囉！）

「好。」少年H看了土地公一眼。

「好？YA！張真人你是答應……」土地公大喜，可是話沒說完，少年H忽然一拳揮了過來。

碰！

這拳下得好重！雖然少年H沒有使用靈力，光普通一拳的勁道，也足夠把土地公的鼻樑揍出鼻血。

「好，我答應你。」少年H拿紙巾擦了擦手上的鮮血，微笑：「我接下這個角色。」

土地公等了足足三分鐘，才看見少年H從更衣間出來。

看見少年H的模樣，土地公的雙眼一亮，讚嘆道：「哇！張真人，沒想到您扮成女生這麼可愛啊！」

只見此刻的少年H胸口圍著一件的浴巾，裡頭塞了兩個隆起的矽膠球（地獄遊戲裡面的道具，沒有任何實戰的作用，卻能滿足很多渴望大胸部的女性和男性。）

少年H原本簡單的短髮罩上長長的假髮，然後盤了起來，露出一截雪白的頸子，好不誘人啊。

少年H原本英氣勃勃的臉龐，也在遊戲道具輔助之下，五官變得更加柔和，這款遊戲道具叫做「SKⅡ面膜」。

而少年H年輕的肉體，經過千錘百鍊的武術修行，沒有霸氣橫陳的雄壯肌肉，也沒有一絲贅肉，身體曲線完美，在浴巾的包裹下，展現出一種沒有瑕疵的體態。

「好棒啊。」土地公看得愣住，「張真人，你好可愛，你好美，天啊，你是天生適合吃這行飯的人啊！」

「嗯？」少年H嘴角抽動了兩下，露出咬牙切齒的笑容，右拳舉起虛揮兩下。「土地公老兄，你剛說什麼，可以再說一次。」

土地公連忙摀住鼻子，上面的OK繃還沒撕掉，急忙搖頭，嘴角還是忍不住嘻嘻笑著。

「土地公，我們可以出發了吧？」少年Ｈ說。

「可以。」土地公笑著說：「根據我的情報，每天晚上十一點股王都會來泡溫泉，換句話說，再過三十分鐘，就是我們動手的時機了！」

「嗯，按照計畫，我會擊昏那位按摩人員，然後代替她，等到我和股王開打之後，你在房間外替我掠陣，讓我能夠在最快速度制服他。」少年Ｈ說：「這樣沒錯吧？」

「沒錯。」土地公點頭。「張真人，但是請你特別提防股王的召喚術，他在四大職業中不但是商人，更是威震整個台灣經濟界的商人之王，他的召喚術，恐怕比我們想像中都要來的厲害！」

「嗯，關於召喚術，本山人自有妙計。」少年Ｈ一笑。「事不宜遲，我們出發吧。」

新竹，晚上十一點零五分。

少年Ｈ用手刀擊暈了原本的按摩人員，端起毛巾和臉盆，來到股王所在的ＶＩＰ房，房間裡頭股王已經全身赤裸，趴在柔軟的按摩床上。

這股王身材高大，肥肉中藏著堅硬如鐵的肌肉，一看就知道是難惹的人物。

少年Ｈ將臉盆放下，雙手伸入一旁的香精油中，摩挲手掌。

「我要按摩了，請股王放鬆。」少年H小心翼翼地將雙手，放到股王寬闊的背上，來回搓揉起來。

少年H還不急著發動攻勢，按照溫泉按摩的慣例，被按摩的人往往因為太舒服會進入夢鄉，少年H如果要要對付難纏的股王，當然是等股王睡著再動手比較好。

少年H雙手拇指用力，力道透入了股王的背膀，就在這時候，股王忽然開口了，聲音低沉而威嚴。

「你，是誰！？」

少年H心頭一緊，內力和靈力同時聚集到掌心之上，五指按住股王的大穴，只要股王一發動攻勢，少年H立刻會施予凌厲百倍的反擊。

沒想到，股王接下來講的話，卻大出少年H的意料之外。

「妳跟之前的按摩小姐不同，嗯，妳的力道很夠，穴道又抓得準，被妳這樣一抓，我全身通體舒暢，好好好！」股王的臉埋在枕頭中，發出極為舒服的呻吟聲。「嗯嗯嗯……嗯嗯……我要跟你們老闆講，以後妳就跟我了……嗯嗯……」

少年H鬆了一口氣，忍不住好氣又好笑，土地公這傢伙想的是什麼鬼計策，竟然要他堂堂一代武學宗師假扮女孩，替人按摩？

不過少年H哭笑不得之餘，卻沒有一絲惱怒的情緒。他向來不受傳統禮教束縛，思考和行為天馬行空，所以他才選擇離開擁有數百年武學淵源的少林，另闢一大宗派

——武當。

禮教是要尊重的，但是如果太過依賴和服從，只會阻礙了世界進步的腳步。

少年H想到這裡，雙手已經按到了殷王的腰部，而殷王已經許久沒有開口說話，取而代之的，是模糊而緩慢的呼聲。

少年H微微一笑，從懷中掏出一疊用硃砂寫成的符咒，射向房間的每一個角落，趴搭趴搭幾聲過去，符咒貼滿了整個房間。

「這是禁制咒，可以阻止任何生靈通過這個房間，雖然倉促寫成，容易被破解，沒有地獄列車上的禁咒這樣複雜，但是，在這短短幾分鐘內，要收拾你應該夠了吧，殷王。」

可是，就在少年H走向沉睡的殷王之際，忽然間，他感到一陣毛骨悚然。

一陣從腳底直升上來的寒意，竄過背脊，直達腦門，讓他全身發麻。

少年H急忙轉身，雙手握拳，兇暴的靈光在他手心閃爍，要迎擊這個對他發出殺氣的來源。

但，當他轉過頭來，卻發現……

什麼都沒有！

沒有半個人？

少年H訝異，剛才那一瞬間的感覺，全身涼颼颼，有如被獵人鎖定的獵物、被貓盯上的老鼠，可以感覺到一雙銳利的眼睛在自己的背後，帶著貪婪的殺氣，凝視著自己。

可怕的是，當他回頭卻沒有看到半個人，要不是他感覺出錯，就是這人隱匿身形的功夫太過高明！竟然在少年H的眼皮底下都可以逃掉。

更令少年H困惑的是，他對這份殺意竟然……似曾相識？他在什麼時候？在哪裡感受過這感覺？

想到這裡，少年H用力吸了一口氣，鎮定心神，他知道他不能再想下去了，眼前還有更重要的事情要做，那就是收服股王！

少年H走到睡著的股王身後，舉起手刀，瞄準股王後頸的大椎穴，他掂了掂力道，不能太重也不能太輕，要剛好讓股王昏迷，如果下手太重，恐怕會一掌斃了股王。

反之，如果下手太輕，引來股王的反擊，後果不堪設想。

五成力道！

少年H的手掌如電，精確地擊中了股王的後頸穴道。

啪！少年H感覺到手心傳來傳來的觸感，旋即他心裡升起了一股不安，不對！這感覺不對！

股王體內有股力量，把他的手刀給彈了回來！他不但沒有昏迷，還轉過頭來，一雙眼睛大睜，瞳孔中是滿滿的驚訝和熊熊的怒焰。

「你是刺客？玩家的刺客？你怎麼會知道這裡？」殷王大怒，雙手一撐，身上的浴巾翻開，浴巾透入靈力，化作一道堅硬的白刃，對少年H射了過來。

少年H頭一側，避過這條浴巾，同時右手成鶴形，突破殷王的雙手防禦，對準殷王胸膛穴道，狠狠地啄了下去。

「吼！」殷王痛得大吼，身軀一震，靈能盡情釋放。砰一聲！震塌了這張按摩床，讓他屁股直摔落在地上。

而就在這時候，少年H眉頭一皺，這感覺和剛才一樣，原本應該一擊擊暈殷王的力道，卻好像遇到了一具無形的盔甲，給彈了回來。

殷王連受兩擊，滾落在地上，低吼一聲，掌心浮現出一個「錢袋」，錢袋是四大職業中「商人」的武器，就像是士人的筆記書。錢袋裡面的遊戲幣，可以讓商人從遙遠的地方召喚怪物來對付敵人。

「召喚吧！遙遠的巨石兵！」殷王大怒，一出手就是狠招。

但是，他這聲招換，卻沒有招來任何的怪物。

「咦？」殷王微驚，手又一揮，「咆哮吧！愛錢如命的血拼女王！沒反應？」

「怒吼吧！只要七元就可以吃飽的大學生！咦？還是沒反應？」

「刷爆吧！永遠還不完的卡奴！咦？怎麼會這樣，完全沒反應？」

就在股王驚疑不定的時候，少年H搖了搖頭，說道：「沒反應是當然的，因為這個房間現在被我用層層的禁咒所封鎖，你的召喚術被禁咒所攔截，你是無法對外召喚任何怪物的。」

「符咒？這是一種結界師的道具嗎？」股王顯然相當吃驚。「你連結界都會架設，你究竟是什麼人物？」

「我的厲害程度，恐怕超過你的想像！」少年H一笑，雙手在空中交替畫圓，一個完美的太極圖形隱然而現。「我知道你還有絕招，不然我不會連續兩次偷襲都失敗，亮絕招吧，股王，新竹王城的統領者。」

「哼！就讓你看看！」股王鼻孔哼了一聲，雙手合十，催動靈力，無名指的戒指發出璀璨金光，手上的靈力表忽然暴升，從本來的五百一直躍升到一千。

而怪異的是，股王本來滿臉肥肉的臉，更憑添了一股兇悍的氣息。

宛如古代戰神附身，殺氣騰騰，貼滿房間的符咒，受到這股無形靈力的壓迫，開始劇烈抖動起來。

「啊！」少年H眼睛一亮，「我明白了，你跟小三一樣，你的召喚術原來就是『請神上身！』啊！」

台北市。

「出來吧！我的筆記書！」法咖啡喚出士人的法寶，「祕密法術之……『讓人搞不清楚的注音文』！」

注音文……就是由ㄅㄆㄇㄈ等三十七個注音符號所組成的法術，這是近幾年來網路打字懶惰化的產物，像是「嗎？」就直接用「ㄇ」來代替。

這種文字表達的方式，雖然很快捷而且方便，卻常常讓人搞得一頭霧水，故被稱為『讓人搞不清楚的注音文』！

而法咖啡祭出這個絕招，筆記書上登時溢出一堆注音符號……「ㄅ、ㄆ、ㄇ、ㄈ」凝成各種顏色，或快或慢，或強或弱，射向秦大哥等三個刺客。

這些注音文雖然本身沒有太強的攻擊力，但是卻會嚴重干擾對方的五感，讓對方陷於腦袋一片糨糊的混亂狀態。

而且，通常中文基礎越好的人，越容易被注音文給擾亂！在漫天飛舞的注音文攻擊下，法咖啡替自己爭取了逃走的一線生機，等到如濃霧般的注音文散去，整個小巷已經失去了法咖啡苗條的白色身影，徒留三個刺客面面相覷。「她逃了！」白骨精尖叫。「一定是逃到附近的小巷內了，我們快追！」

「沒錯！」三腳蟾蜍也發出怒吼，牠兩條強而有力的後腿微微一使勁，青筋糾結，準備要追擊法咖啡。「白骨，我去追左邊，你去追右邊，根據我們的內應說，這女孩不但掌握了四人名單，還是遊俠團的最後支柱，抓了她遊俠團就是我們黑榜的囊中物了！」

就在白骨精和三腳蟾蜍要衝出去之時，秦大哥忽然說話了。

「等一會。」

「怎麼了？」白骨精和三腳蟾蜍腳步同時一停，回頭。

這位姓秦的使槍高手，慢慢地往前踱步而去，手裡所握的長槍也越握越緊。

他走了約莫三步，在一面牆壁前停下，手上的槍舉到了半空中。

「高明的兵法啊，小姐。」秦大哥嚴肅而陽剛的臉龐，露出激賞的笑容。「最危險的地方，就是最安全的地方，是嗎？」

說完，秦大哥手上的長槍脫手，咻一聲，在夜空中畫出淒厲的疾速閃光，直挺挺地插入眼前的牆壁之中。

「啊啊啊！」

令人錯愕的是，這一片水泥砌成的牆壁中，竟然傳來法咖啡驚心動魄的尖叫。

新竹市。殷王請的神，是地獄中赫赫有名的凶神——混世魔王張獻忠。

可惜，這凶神也許真的有名，但是祂必須面對的，卻也是同樣經過地獄之火焠鍊的武術高手——少年H。

殷王雙拳揮動，發出呼呼的風聲，對少年H撲過來，卻見少年H悠然一笑，雙手托住了殷王的拳頭。

少年H催動內力，帶動殷王巨大的身體，殷王有如一個巨大的陀螺，快速轉動了起來。

「吼！」殷王試圖穩住身形，只是當他轉勢稍緩，少年H卻往前一步，手一撥，殷王又急速轉動起來。

如此來回幾次，殷王一身請神降臨的武力，都沒派上用場，只能像是一只陀螺，在原地不斷打轉。

「你……到……底……想……怎……樣？」殷王身處頭暈目眩的轉動漩渦中，勉強擠出這幾個字。

「我想拜託你一件事。」少年H微笑。

「什……麼……事？」持續旋轉是一件非常的辛苦的事情，股王苦苦地說。

「我要借你的命令，號令整個新竹王城。」

「你……你……做……夢……」

少年H雙手負在背後，悠閒地說：「那你就在這裡轉到死好了。」

任何承受過急速旋轉的人都知道，長時間的快速旋轉，不但會破壞人體內部的循環，更令人恐懼的是，旋轉會影響人的內耳，進而大大地擾亂平衡系統。天旋地轉，胃液翻騰，作嘔欲死，不停止的旋轉是一種酷刑，極為殘酷的酷刑。少年H舉止雖然悠閒，眼神卻是堅毅無比，他知道此刻已經是他和股王的「意志競賽」。

時間，就是其中的關鍵。

因為，股王一直沒和溫泉外頭的部屬連絡，遲早會引起手下的疑心。雖然土地公在外頭把風，戰爭一旦發動，全面崩潰是遲早的事情。

但，如果股王沒能撐到那時候，承受不住「旋轉酷刑」先一步投降，那少年H就贏了這一局。

所以，誰先搶到了時間，誰就是勝利者。

「再問一次，這個忙，你願意幫嗎？」少年H說，雖是如此緊迫的時刻，他聲音仍然不失獨有的氣度和悠閒。

「我……」股王此刻只覺得自己腦漿都移位了，撲滋一聲，鼻子中兩道豔紅的鼻血噴出，在高速旋轉的離心力帶動下，化作點點紅珠，濺上四面八方的牆壁。

「好。」到了此刻，少年H也不由得佩服起股王起來，從一開始旋轉到現在，已經足足二十分鐘了，普通人老早就舉雙手投降了，這股王竟然能撐到這個地步，也算是一條漢子了。

為此，少年H微微嘆氣，邁步向前，既然股王是條漢子，如此虐待一名漢子實有違英雄之道，所以他決定要解開這道酷刑了。

但，令人驚怕的事情，又緊接著發生了！因為就在少年H伸手要觸到股王之際，少年H的背脊又是一寒。

這寒意！跟剛才一模一樣的感覺，從他的背後猛然竄起，明明恐怖至極，偏偏又熟悉無比，讓少年H全身的神經都緊繃起來。

「是誰！」少年H沒有轉頭，右手成掌往後拍去，掌風夾著靈力，威力橫掃半個房間。

無論敵人究竟躲在房間的哪一處，都不可能躲過少年H這雷霆萬鈞的一掌。

垮！

少年H背後的掌風四處激盪，卻沒有那個人的哀號聲。

又躲掉了？

「高手駕臨，何必藏頭藏尾？」少年H不怒反笑，雙手齊出，往房間四周一掌一掌拍去，只見靈光和內力交相閃爍，掌風交互激盪，牽動整個房間震動不已。少年H越打越是興起，因為他的靈覺捕捉到，在掌風四處飛擊的瞬間，的確有一個人影在竄動，這人影從地板、天花板、牆壁四處快速游動。

這身影儀態優雅，身材窈窕，像是捉迷藏似地跳躍閃躲少年H的掌風。

空間如此狹小，少年H的掌勁如此厲害，卻連這人影的衣角都沒摸到，這個人的身手之高明，之矯健，少年H生平罕見。

但，生平罕見，卻不是生平未見，少年H猛然想起，只有一個人有這樣的身手。

一個讓少年H又愛又怕的超級高手。

少年H忽然笑了，悠然收掌，然後一揖到地。

「原來是老朋友光臨，呵呵，我倒是誤會了。」少年H說：「是吧，貓……」

「嘻嘻，別說……」一隻纖細手指，剛好按住少年H的嘴唇。

一雙明媚靈活卻又深邃神祕的大眼睛，忽然出現。在少年H的眼前眨動，距離之近，只有區區三公分。

「啊。」少年H微微愣住，這女人的臉未免靠得太近了吧。

「張小子。」這女人嘴角揚起，令人迷醉的優雅笑容。「這股王骨頭硬得很，你那點手段怎麼叫他屈服？不如……嘻嘻，讓我來露兩手吧。」

台北城中山捷運站附近的小巷。

秦大哥手上的長槍飛出，插入眼前的牆壁之中，而牆壁發出一陣淒厲的叫聲。

隨即，法咖啡左手中槍，鮮血淋淋地從牆上慢慢浮現出來，然後摔落在地上。

「啊！這是士人的特殊魔法。」白骨精低呼，「不被老師點名的隱身術！」

法咖啡左手盡是鮮血，傷勢不輕，但是她依然沒有倒下，直挺挺地站著，昂起頭，瞪視著眼前這個識破自己機關的男人——秦大哥。

「妳很厲害。」秦大哥眼睛閃過一絲惋惜，「若我們不是敵人，我會想交妳這個朋友。」

「哈。」法咖啡笑了。「可惜我一死，那四人名單你們也不可能拿到了。」

秦大哥沒有說話，只是用憐憫的眼神看了法咖啡一眼。

「你這眼神是什麼意思？」法咖啡一愣。「四人名單不是你們最想得到的嗎？」

「哈哈哈！」這時候三腳蟾蜍插話進來，「笨女孩！妳還不知道嗎？妳死了，那四人名單又有何意義？他們失去了和遊俠團的連絡人，變成四座孤島了！」

「哼！」法咖啡何嘗沒有想過這一層，「我就算死了，還有我們老大夜王，等他回來，你們沒有一個是他的對手！」

「夜王……阿努比斯嗎？哈哈哈！」這時白骨精也加入的對話。「妳這笨女孩，妳不知道他死了嗎？我們黑榜中最強的刺客親自出手，他哪還有命在？」

「什麼！」法咖啡一陣錯愕，眼睛大睜。

她一轉頭，看見了個性沉穩的秦大哥沒有說話，只是搖了搖頭，嘆息。

「你這是什麼意思！？」法咖啡看著秦大哥，雖然只是短暫的交手，她卻明白這位秦大哥自視甚高，不屑說謊騙人，如今連他都搖頭嘆息，那就是說……？

「夜王是難得的兵法高手，可惜沒機會和他一戰了。」秦大哥嘆氣。「可惜。」

「我不相信！」法咖啡驚叫，剛剛還蓄勢待發的筆記書摔在地上，勉強支撐自己站立的力量瞬間從她體內消失殆盡，碰一聲，法咖啡摔倒在地上。「我不相信……我不相信……」

「你不相信，去陰間自己問阿努比斯吧，哈哈！」白骨精奸笑，手上五爪閃耀著淬藍的毒光，「我不知道妳剛才是怎麼破解我的魅惑之術，但是，這次妳絕對躲不掉的！」

話還沒說完，白骨精的五爪就夾著毒氣，化作五道藍光，往法咖啡頭頂插落。

法咖啡亂了分寸，竟然忘了反擊。

可是，當爪子來到法咖啡的頭頂，卻陡然停住！爪尖在法咖啡的眼球前方上顫動，偏偏就是落不下去！

法咖啡抬起頭，淚眼婆娑的她，卻看見了一樣讓她錯愕的事物。

是一條紅線。

紅線顫動，捆住了白骨精的五爪，精密而暴力地破壞了白骨精的攻擊。

「這是什麼！」白骨精尖叫。「哪裡來的鬼紅線！」

「抱歉，這不是鬼紅線。」遠方一個女子聲音傳來，伴著笑意。「這是彼娘的五色靈絲！」

第四章《暗巷》

從少年H來到新竹，已經十五天了。

這十五天對少年H來說，心情如同泡著三溫暖，忽冷忽熱，先有實驗室軍團的白老鼠，被黑榜上的九尾狐所控制，後有綁架股王，成功奪取新竹王城的兵力。

那個在溫泉房間出現的神祕人物，想當然爾，就是在地獄列車和少年H交手，又從極寒地獄脫逃，更差點暗殺夜王的黑桃女王——貓女。

貓女，這個從頭到尾都讓少年H感到捉摸不定的女人，此刻正懶洋洋地躺在陽台上曬太陽。

而少年H則和土地公兩人商量整個戰術的佈局。

因為，根據消息指出，原本一直按兵不動的織田信長，大軍終於開拔了，三天之內，已經吸納了整個台南市資源的織田大軍，將會直壓這座已經風雨飄搖的新竹城。

少年H看著眼前的土地公，想起前幾天發生的事件，不由得暗自尋思，原來這位土地公也是一個不容小覷的厲害角色！

少年H之所以這樣想，不只是土地公設計了溫泉山莊的突襲事件，更令人驚訝的，卻是當少年H和貓女逼迫股王就範之時，推開溫泉房間的門，映入他們眼中的景象。

一片狼藉。

數十名遊戲怪物橫屍在地，慘烈而狼藉。

而狼藉中，只剩下一個人影鶴立雞群，他一個人笑嘻嘻地蹲在如山屍體的中央，喝著泰山仙草蜜，跟少年H兩人揮手打招呼。

他當然就是愛喝仙草蜜的土地公。

那群負責保護股王，堪稱新竹王城的精銳部隊，為數不下三十人的遊戲高手，如今都躺在地上，變成了一堆狼藉的遊戲道具。

要一口氣收拾三十餘人的遊戲高手，對少年H來說都不是易事，更何況眼前這名土地公，不過是一位在神界掌管土地的小神。少年H觀察地上戰鬥的痕跡，更讓他感到無法理解，因為根本沒有所謂的戰鬥痕跡，只有一堆散亂的鞋印，還是屬於土地公的藍白拖鞋鞋印。

還記得土地公曾說過，念新竹交清兩間學校的學生，都有三寶，這三寶之一便是『藍白拖鞋』！

少年H直覺告訴他，這位表面上嘻皮笑臉，內在卻深不可測的土地公，他的絕招必定和這三寶有絕對的關連。

想到這裡，少年H不禁苦笑起來，從地獄列車事件開始到現在，他總共經歷過三個團隊，曼哈頓獵鬼小組、台灣獵鬼小組……以及現在和貓女以及土地公搭配的三人戰鬥小隊。

在曼哈頓獵鬼小組的時候，這是一個歷史悠久，制度嚴明的戰鬥團隊，以隊長為首腦，其餘四個人為手足，結構非常紮實，這隊伍能發揮比單打獨鬥還要強十倍以上的戰鬥力。

後來到了台灣獵鬼小組，少年H自己覺得像是母雞帶小鴨，眾人皆以他為中心，雖然夥伴個性奇怪而且脫線，但是相處久了之後，不難發現他們其實都有令人激賞的合作能力。

但是，真正讓少年H擔心的，卻是第三個團隊，也就是和貓女以及土地公合作的三人小組。姑且不論土地公是深藏不露的怪才。光一個地獄政府都忌憚萬分的暗殺女王，貓女，就夠讓少年H頭疼的了。

雖然，少年H還是很高興，貓女能從極寒地獄中歸來，非常非常高興。

就在少年H陷入思考的時候，土地公的聲音響起，頓時把少年H拉回了現實。

「張真人，新竹市其實並不大，比起台北、台南和高雄，它算是面積很小的。」土地公指著桌上的地圖，旁邊擺著他最熱愛的泰山仙草蜜。「新竹縣雖然略微寬闊，但是卻沒有資源，所以整個戰爭會集中在新竹市區。」

「嗯。」少年H重新專注回眼前的戰局「新竹市區……那就不是大規模的攻防戰了？而是肉搏巷戰了！」

「沒錯，而且新竹市古稱竹塹城，所謂的塹的意思是凹陷的山溝地形，換句話說，整個新竹就像是一個畚箕，它三面環山，被只有一面向海。」土地公說：「如果我們要迎擊織田信長，最好的辦法是引誘他們深入畚箕深處，我們再利用地形的深處，反撲他們。」

「那畚箕深處在哪？」。

「就在這裡！」土地公露出笑容，食指按在地圖上，一個被劃上紅圈的位置。

少年H一看，眉頭旋即皺了起來。

因為土地公比的位置，不是別的地方，正好是新竹白老鼠勢力的根據地附近……清華大學。

「清華大學，距離白老鼠根據地的交通大學，不會太近了嗎？」少年H憂心忡忡。

「近才好。」土地公臉上又是那一股毫不在意的神氣，「這樣就可以把織田信長和白老鼠這傢伙攪在一起，讓他們拼的你死我活。」

「只是怕白老鼠和織田信長連成一氣，我們雙面受敵，會死傷慘重。」少年H搖頭。

「不會的。」土地公嘻嘻一笑，胸有成竹。「白老鼠膽子再大，腦袋再糊塗，也不會跟織田信長混在一起的？」

「喔？你這麼有自信？別忘了他現在身邊有九尾狐……」

「這問題交給我來解決。」土地公拍著胸脯：「到時候白老鼠的問題，交給我就對啦。」

「啊？」

「呵呵。」土地公依舊是那副笑容。「張真人，你對新竹的理工學校不了解，總之，如果白老鼠在人間是交大研究生，那表示他不可能不認識我啦。」

「呃，為什麼呢？」少年H抓了抓頭髮，他的確不懂，他生前有聽過科舉制度，那時候就有流行求神問卜，只是現在他眼前就是一個神……這真把他搞亂了。

「好，對啦。」土地公笑嘻嘻的擺了擺手：「就是這樣啦。」

「嗯，那我們現在還有第二個問題。」少年H也是經歷過不少大陣仗的兵法行家，稍微思索之後，說道：「按照你的想法，所以我們需要先敗退，引敵深入清華大學之後，再進行最後殊死戰？」

「張真人好聰明，沒錯，我正是這個意思！」

「重點在於『誘敵深入』，只是誘敵這任務非常危險，該由誰來擔任？」少年H沈吟了一會。「不如就讓我……」

「不，你不行！讓我來吧！」土地公一笑，「張真人你體恤夥伴的心意我很感激，但是你是部隊的首腦，不應該輕易犯險，加上我對新竹地形了若指掌，真的要逃，我也比你厲害的多。」

「這……」少年H猶豫了。他倒不是不知道土地公所言甚是，只是……「誘敵」真的是最危險的一份任務，除了織田信長，後面還有高雄的曹操軍團，和尚未現身的濕婆，實在不應該一開始就輕易犯險，應該要保留實力。

就在少年H和土地公一籌莫展之際，他們的背後忽然傳來一個嬌媚的女音。

「既然這樣，那誘敵的部份，就讓我來好了。」

少年H一回頭，看見了聲音的主人，禁不住低呼。「貓女，妳……？」

「誘敵的任務，最重要的部份，不就是誘餌要能逃出對方圍攻嗎？」貓女一個慵懶的伸懶腰，把她傲人的身材盡情展露在明媚陽光下。「論逃跑，你們兩個人的身手，有比我好嗎？」

「嗯。」少年H和土地公互望了一眼，「的確沒有人比貓女更適合這個任務了。」

「放心吧。」貓女輕輕舔了自己的手指，一雙碧綠眼珠，綻放自信光芒，「我一定會完成任務的。」

台北市。

台北城的小巷中，就在法咖啡左手受傷，放棄生存希望之際，一道橫空而來的紅線，解救了她的性命。

「五色靈絲！」三腳蟾蜍發出怪聲。「媽啊，是蜘蛛精！」

「蜘蛛精啊，好久沒有人這樣稱呼我了哩。」暗巷的遠方，一個身材苗條的長髮女子，慢慢踱步過來。

她的臉，也從一片漆黑中，慢慢浮了出來。

成熟而嫵媚的容顏，嘴角飄著一絲蔑視的笑容，不是蜘蛛精娜娜是誰？

「就憑妳一個人，也想來救人？會不會太大膽了啊。」白骨精冷笑，十根手指頭又悄悄舞動起來。

「我可不是一個人。」娜娜微笑。「是不是啊？姊妹們！」

這句「姊妹們」才剛出口，引來小巷外圍一群女子轟然答應。「是！娜娜姐！」

由音量來判斷，這群女子至少五十餘人，她們同時現身，五十幾雙高跟鞋發出規律卻又震人心魄的「扣！扣！扣！扣扣扣！」聲音。

不到幾秒，高跟鞋聲音倏然停住，整個小巷已經被她們徹底包圍起來了。

白骨精昂起頭，看著娜娜手下這群女戰士，每個人都和娜娜相同的裝扮，緊身的黑衣，美好身材曲線一覽無疑。

而她們的手臂上，都有一個共同的刺青。那是一個骷髏頭，骷髏頭的嘴裡咬著一把短刃，骷髏雙手交叉放在肩膀上，背上還有兩片完全張開的雪白羽翼。

「天使團！」白骨精一驚。「黎明石碑上排行第四的戰鬥團隊——天使團。」

三腳蟾蜍退了一步。「媽啊，這下麻煩了！」

就在白骨精和三腳蟾蜍驚慌之際，一聲低哼，從一片肅殺的氣氛中傳出，立刻讓白骨精和三腳蟾蜍收攝心神，畏縮之心一掃而空。

因為，這聲低哼來自最強的高手——秦大哥。

「五十個玩家又如何？」秦大哥冷然地說：「擋得住真正的高手嗎？」

娜娜還沒答話，忽然，暗巷另外一頭，又傳來一個聲音。

「是不能！」那聲音低沉威猛。「但是一百個人又如何呢？」

眾人一起往聲音的方向看去，沒有月光的屋頂上，不知道何時站了數十餘人，每個人都戴著相同的帽子，帽簷特別長，呈鳥嘴形狀，在這片無光的夜晚，宛如數十隻前來索命的巨大烏鴉。

「夜鷹團駕到。」那聲音的主人，身材高大而肥壯，站在屋頂上，雙手提著巨大圓鍾，威武如一座鎮天巨塔。「夜王的朋友久等了，我阿胖來了！」

「錯了錯了，不是一百個人喔，應該是一百五十個吧？」在巷道的另外一頭，忽然又一個男子說話，這聲音高細，給人一種輕浮的感覺。「別忘了我們菲尼斯團啊。」

循聲音看去，巷道的另外一頭，冒出了數十名魁梧的壯漢，傳說中菲尼斯團是兇暴的團隊，這群身著獸皮毛衣的壯漢，簇擁著當頭的一名瘦男子。「眼鏡猴報到。」男子扶了扶鼻樑上的眼鏡，耳朵上掛著一台iPod，，雙手叉腰驕傲地笑著。

白骨精和三腳蟾蜍看到這種聲勢，剛才的氣燄早就消失無蹤，發著抖，退到秦大哥的兩邊。

「好好好，四大戰團到齊三團。」秦大哥聲音依然冷靜。「薔薇團為什麼遲了？」

「我們……沒有……遲……」一個聲音，竟然從所有人的腳底傳了上來。

一個接著一個玩家從土裡冒了出來，他們身上披著薔薇尖刺的黑色斗篷，戴著各種華麗的面具，斗篷上繡著一朵帶刺的薔薇。

薔薇團為首者，是一個身材矮小，害羞內向的少年仔，他雖然口齒不清而且面貌猥瑣，卻意外地，成為以華麗外表著名的薔薇團重要人物。

「小三……來也。」他笑著說。

「我們有兩百個人和四個高手，黑榜的混球啊，」眼鏡猴陰險的笑著。「看你們這次怎麼逃！」

「哈哈哈哈哈！」秦大哥忽然仰頭大笑。

「有什麼好笑的？」娜娜皺眉問道。

「哈哈哈，我笑的是，我們處心積慮要找出你們四個人，沒想到你們親自來送死了！」秦大哥狂笑中，霸氣十足。「你們四個人一旦曝光，難保不被黑榜暗殺！」

「哈，要我們曝光？」阿胖冷冷地說：「先擔心你們能不能活著回去報訊吧！」

新竹市。

一間豪華飯店裡頭，裡面共有四個人。

短髮年輕的少年H，穿著隨意的土地公，以及還穿著睡衣但迷人的貓女，最後，是躺在地上動彈不得的股王。

股王承受不住貓女的拷問，終於願意協助少年H，雖然少年H沒有親眼見到貓女的拷問（因為貓女叫少年H別過頭去，說會帶壞小孩子。），但是從股王的複雜的表情看來，那拷問似乎是一個快樂和痛苦交雜的酷刑。

而且，根據王城的情報指出，織田信長的大軍終於動了，三日之內，必然抵達新竹。

換句話說，少年H等人只剩下不到三天的時間，可以規劃和佈局了。

「根據股王的資料，新竹王城現在共有六千六百多名兵力，八大怪物中最強的軍隊怪物共有四千多人，警察九百多人，老師四百多人，郵差一百多人，清道夫五十人，消防隊五十人，交警……」土地公念著股王的資料。

「嗯，人數雖然不少，但是真正可用的戰力卻相當有限。」少年H沉吟。「王城軍團最佳的特性，就是傲人的恢復能力，在一天之內，會有三成的兵力會恢復，原本是要方便玩家練功的，結果成為我們最好的籌碼。」

「沒錯，所以織田信長和白老鼠了解我們的復原力，必定會採取快攻的手段，和我們打持久戰，肯定吃虧。」土地公說。

「嗯。」少年H說：「土地公，你知道織田的兵力有多少嗎？」

「他們主力部隊共分為三隊人馬，主力由織田率領，約有一千餘人，跟隨在織田旁邊的謀士，是他的四大戰將之一『鬼將軍』，前鋒部隊是『妖將軍』率領的三百餘人，後軍是『僧將軍』率領的五百人。總計有兩千五百兵力。」

「如果加上織田早就滲入新竹城的兵力，大概也有三百人，所以是兩千八百。」少年H閉起眼睛思考著。「那另外白老鼠的兵力呢？」

「兩千人，雖然最近有所損傷，但是還是維持在兩千人上下。」土地公說：「裡面至少有兩百個是等級超過四十的高手喔。」

「所以，我們、織田信長以及白老鼠的兵力比例是6600：2800：2000，但是兵的素質最高的是白老鼠、織田，最後才是我們？」少年H說。

「沒錯，就是這個意思！」

「那土地公，你負責牽制白老鼠，那邊需要多少人呢？」少年H看著土地公說。

「我啊。」土地公看著地圖，沉吟了半晌，忽然抬起頭說：「不用部屬，我一個人來說服他。」

「啊？」少年H和貓女同時低呼。

「啊，安啦。想當初白老鼠可是欠我一次，如果他沒有來拜我這間土地廟，哪能讓他上研究所？」土地公冷笑。「我會讓他想起，他在人間原來只是一個研究生而已。」

「嗯。」少年H點了點頭。「好，貓女，你負責一開始最重要的任務，率兵引織田信長入殼，他們會從禁戰區的新竹火車站出來，妳沿著光復路，把他們引入清華大學附近，我們會在一路上接應妳，妳需要多少兵力？」

「嘻嘻，我要最沒用的兵力。」貓女眼睛閃爍著光芒，彷彿胸有成竹，說：「那就交通警察和清道夫吧！」

「這兩種兵力太弱，恐怕……」忽然，少年H像是想到什麼似的，讚賞道：「好，貓女果然非等閒之輩，這兩種兵力的特殊能力，的確能幫妳誘敵，又不耗損我們主要戰力。」

「多謝H小子……不……多謝總司令稱讚。」貓女甜甜一笑。

「只是實在太危險了。」少年H依舊躊躇。「就算妳是貓女……」

「那請問H總司令，你還有什麼辦法呢？」貓女一雙大眼凝視著少年H，她感覺到少年H猶豫著一個困難的決定。

「嗯。」少年H抬頭看著貓女，忽然文不對題地說：「貓女，你知道遊戲裡面有一個很特殊的規則嗎？這是關於一男一女的特殊規則？」

「特殊規則？」貓女瞇起眼睛，緩緩搖頭。

「是啊，只要跟遊戲登記，這兩人就可以隨時通話，重點是，當有一方遇到危險，可以隨時呼喚對方到自己身邊。」少年H說：「我也是在城隍廟門口，聽到阿嬌她們說的。」

「啊！」貓女眼睛閃過一絲詫異。「你是說……」

「沒錯，我是說……」少年H嘴角溢出一絲複雜，又尷尬的笑容。「我們註冊成『公和婆』吧。」

台北，中山捷運站。

「動手！」

一聲兩個字的動手，響徹了中山捷運站的小巷，兩百名玩家轟然答諾，手持武器撲向秦大哥等人。

率先衝來的，是來自菲尼斯暴力軍團，他們的職業以工人為主，每個人都是肌肉糾結，甩動著可以輕易碎胸破腦的鏈錘、電鋸、斧頭，如一大群人肉坦克，轟隆隆直逼了過來。

天使團以『士人』為主，他們同時喚出了自己的筆記書，各種摧毀法術蓄勢待發，整個天空佈滿閃電火焰，隨時落下毀滅一切的法術之雨。

而薔薇團以農夫為主，他們閉起眼睛，發動張開結界的農夫特性，把整個秦大哥等人框入了他們的結界，準備盡情宰割。

最後是夜鷹團，他們抓著手上的錢幣，準備要召喚各種怪物，對眼前這三名敵人，進行最殘忍的殺戮。

對地獄遊戲來說，秦大哥這方只有三人，又被圍困在中心，可以說是一點生機都沒有。

但是，真的是一點生機都沒有了嗎？他們不是一般的玩家，三位可都是讓地獄政府追緝百年，仍然頭痛萬分的黑榜妖怪。只見一片殺伐聲中，秦大哥如一座頂天高塔，立在小巷的中心，手上的紅纓長槍越握越緊。

握緊。

殺氣，從他身上陡然爆出，往四面八方湧去。

然後，在他嚴峻的表情上，竟然閃過一抹微笑，微笑竟冰冷地令人膽寒。

「門神武術！」秦大哥狂喝，「萬丈寒星！」

這句萬丈寒星剛剛出口，他手裡長槍舞動起來，槍法又快又狠，化作千萬點寒冰，刺向撲來的菲尼斯軍團。

「眼鏡猴，別去！」夜空中，阿胖彷彿想起了什麼，低沉的嗓音猛力大吼。

但是，這聲警告來得太慢，菲尼斯軍團已經和長槍正面交鋒了。

身處在菲尼斯軍團中心的眼鏡猴，只覺得眼前一陣寒冰乍然湧來，有如陷入一片讓人發寒的冰冷河水中。

然後，他的瞳孔瞬間收縮，因為他看見了一幕極為恐怖的畫面。

他前方那些高大威猛的戰士們，他們頭顱同時離開了頸子，被紅纓長槍一把削斷，同時衝上了天。

紅纓長槍所到之處，頭顱亂飛，血泉四濺，宛如赤紅死神，張牙舞爪朝著眼鏡猴直衝而來。

「啊啊啊！」眼鏡猴哪裡見過這種場面，慌亂中，他掏出靈電學中的「電子盾牌」，這是經由強化電磁波所產生的防護罩。

而眼鏡猴的雙手直抖，因為他完全沒有把握，這盾牌是否能擋得住紅纓長槍的一擊。

紅纓的絲線飄飄，如落日彩霞，鮮紅而美豔，終於來到了眼鏡猴的面前。

而槍頭如銀如雪，嗤一聲，竟然毫無凝滯地，貫入了電子盾牌之中。

「死了。」眼鏡猴眼睛用力一閉。「靠！沒想到了最後，我還是一個處男！我不甘心啊！」

但是，眼鏡猴卻沒有死，因為在這一瞬間，有另外一個人趕了上來，這人手上的圓錘滾滾飛舞，擋下了奪命的紅纓長槍。

圓錘發出古樸的黃銅光芒，宛如一顆移動明月，撼上紅纓長槍的「萬丈寒星」。

破！破了這招無人能擋的萬丈寒星。

「月明星稀！」秦大哥一改本來的陰冷沉靜，驚訝無比。

「月明破寒星。」持錘者還能有誰？當然是台灣獵鬼小組的頭號高手，阿胖。

「再來！」秦大哥眼神驚異，槍頭一轉，一招「萬里無雲」，整把槍橫掃過來，氣勢磅礴，果然有萬里無雲的氣勢。

「好。」阿胖手上的圓錘一翻，「烈日當空。」

只見阿胖手上的圓錘也同樣橫掃，硬碰秦大哥的紅纓長槍，兩招無論是力道和技巧，勢均力敵，只見兩件重型的武器都同時一震。

轟然巨響之後，兩人各退了一步。

阿胖和秦大哥這兩人的交手，雖然只有短短的兩招，卻讓所有的人都不自禁地停下腳步，愣愣地瞧著他們。

不只是為了他們使用了威力強大的武術，更讓人訝異的，是任何一個人都可以看出……

這兩招根本就是一模一樣！

阿胖和秦大哥竟然使用相同的招數！他們之間，有什麼關連嗎？

「秦兄弟。」阿胖眼睛直直地瞧著，眼前這個被白骨精尊稱為「秦大哥」的對手，阿胖的聲音低沉，卻有無法控制的抖音。「真的……是你？」

「尉遲兄弟。」秦大哥苦笑，紅纓長槍隨著他的心情激動而微微顫抖，「你……相貌變了，我沒認出你……」

「你又何嘗不是呢？」阿胖嘆氣。「只是你怎麼會，被列入黑榜的？」

「說來話長啊。」秦大哥搖了搖頭。「尉遲兄弟，你真的要阻止我嗎？」

「嗯。」阿胖點了點頭。「秦兄弟，你現在所做的事情，是錯的啊。」

「唉。」秦大哥手上的紅纓長槍一橫，凜冽的殺氣再度從槍尖上迸發而出。

「嗯。」阿胖突然提高音量。「各位朋友，我在這裡跟各位做一個請求，請各位不要插手，我要和秦兄弟做個了斷，勝負有命，請各位不要為難他。」聽到阿胖這樣說，兩百多名戰士一片嘩然，畢竟秦大哥剛才的槍法如神是有目共睹的，如果傾全力猛攻，阿胖一人之力，真的能對付得了秦大哥嗎？「阿胖，沒想到你一直保留實力？」娜娜苦笑。「從剛才那幾招，就知道你這些年來，為了不讓我們感到不安，刻意隱藏自己的實力啊。」

「呼，娜娜你又何嘗不是呢？」阿胖對娜娜一笑。「你百年蜘蛛精，五色靈絲真正的力量，我們都未曾見過，不是嗎？」

「呵呵。」娜娜一笑，手高舉，吼道：「好！天使團答應，不插手這場比試。」

「菲尼斯團也同意。」眼鏡猴說。

「薔薇團。」小三點了點頭，比出OK的手勢。

「尉遲兄弟。」秦大哥抱拳。「你還是沒變，夠爽快。」

「哈哈哈。」阿胖大笑起來，手上的圓錘揮動起來，一顆黃銅色的巨球，在夜晚中靈巧甩動，有如一顆傲人明月。「來吧，秦兄弟，不，也許該稱你為……秦叔寶。」

「來吧！」秦大哥大笑，「是的，來吧！回到我們當初從未相識的時候吧！尉遲恭！」

月光下，秦叔寶提著紅纓長槍猛然衝出，身體和長槍成一條筆直的紅線，穿向尉遲恭。

而尉遲恭一聲震耳欲聾的大喝，手上的圓錘舞動，圓錘速度太快，竟有如一串金黃色的殘影，追向秦叔寶。

唐朝兩大武將，為了理念也為了兄弟情，正式決裂。

夜晚，三人總算將兵馬佈局完畢，都精疲力竭地各自休息。

「貓女。」少年H端著兩杯熱牛奶，放到貓女的面前，「我不懂的是，妳為什麼要幫我們？」

貓女一雙深邃的瞳眸，瞇成了一條線。

「你覺得呢？」

「我猜不出。」少年H搖頭。

「呵呵。」貓女端起熱牛奶，啜了一口。「你覺得為什麼會有這場戰役呢？少年H。」

「啊？」

「黑榜群妖呼應紅心A濕婆的召集，千里迢迢來到這個東南的島嶼台灣。」貓女甩動黑髮，無論哪一個姿勢都充滿著魅力，「而獵鬼小組奉地獄政府的命令，追入這個遊戲，兩派勢力即將引爆衝突，你覺得是為什麼呢？」

「為什麼嗎？」這問題讓少年H開始思考。「黑榜妖怪們想透過地獄遊戲，回到地獄之中，而我們獵鬼小組想要阻止他們。」

「是嗎？」貓女一笑。「所以按照這個邏輯，身為黑榜中的黑桃皇后，我應該站在敵方那邊，痛宰你們才對啊。」

「嗯。」少年H本來想說『妳想改邪歸正？』這句話，但又吞入肚中，因為他雖然認識貓女時間不長，也不會傻到認為，貓女做事情有『正邪』之分。

「黑榜妖怪們，為什麼會成為地獄政府害怕的角色，其實都有他們的苦衷，絕不是那麼簡單的，舉個九尾妖狐的例子好了。」貓女說：「九尾和我處不來，我們多次阻擾對方任務，但是我卻比任何人都要憐惜她，因為她的命很苦，她的苦戀沒有人可以比得上。」

「嗯？」少年H身在地獄政府之中，總是聽到這些黑榜妖怪是多麼無惡不赦，極少聽到這些妖怪們背後的故事，他翻轉椅子，將雙手倚在倚背上，一副聚精會神的模樣。

「根據《太古記事》的記載，九尾妖狐曾和蚩尤苦戀一場，後來蚩尤敗在軒轅手下，九尾妖狐從此怨恨世間人類，大亂朝綱，滅了商朝。而為了追尋蚩尤的腳步，她必須回到地獄，無奈被地獄政府通緝，逼得她只能加入這次戰局。」貓女說。

「啊！原來還有這層淵源，我聽說黑榜之首蚩尤在數百年以前和聖佛一戰，兩人同時從地獄上銷聲匿跡，九尾狐要怎麼找呢？」

「這我就不清楚了，地獄從阿鼻地獄往下，還有深不見底的八層，也許蚩尤就在其中吧。」貓女搖頭。「至少九尾狐是這樣想的。」

「嗯。」少年H點了點頭。

「黑榜上的群妖們，其實都為了某些目的，和地獄政府作對，有些是為了自己的理想，有些是為了刻骨銘心的愛情，有些則是想要補償遺憾，當然，為了權力的妖怪也不是沒有。」貓女說。

「那濕婆呢？」

「濕婆？祂在古老的印度中是備受尊敬的神祈，祂象徵著破壞，你認為這樣的神究竟是好是壞呢？」貓女說到一半，臉上笑意盎然，看著少年H，頗有挑戰的意味。少年H歪頭一想，說道：「破壞神不是好也不是壞，因為有破壞才有建設，破壞只是一個過程，一個趨近完美的過程。」

「沒錯，就是這樣！」貓女甜甜一笑，「真不愧是我『選擇』的男人啊。」

「什麼什麼，什麼你選擇的男人？誰被妳選擇了啊！」少年H聽到風情萬種的貓女突然這樣說，忽然臉上一熱。

「濕婆的本質是破壞，當然會和地獄政府對立，就像撒旦喜歡和上帝搗蛋一樣，想想看，如果沒有撒旦到處搞鬼，上帝的存在是否會那麼鮮明和必要？」貓女笑著說。

「嗯，善與惡，神與魔，原來是一體兩面，相生相剋啊。」少年H點頭。

「這就對啦。」貓女說到這裡，手上的牛奶已經見底。「對付我們黑榜群妖，如果不知道我們內心真正的渴望是什麼？為什麼我們會成為黑榜上的人物，以及我們為什麼要打這場仗？H小子，你會打得很辛苦。並不是每個人都像狼人T這麼好運，會遇到我饒了他一命。」

「呵呵，在地獄列車上的時候，貓女妳對狼人T，果然手下留情了？」少年H淺淺地笑了。

「呵呵，彼此彼此。」貓女伸出舌頭，舔了舔嘴唇上牛奶。「你這小子當初也只是點我穴道，沒傷我性命，不是嗎？」

「呵呵，不過我們回到問題的原點。」少年H說：「妳又為什麼要捨棄黑榜，來加入我們呢？」

「因為我要的東西，在你們這邊。」貓女瞇起眼睛，輕輕地說。

「啊？妳要的東西？是什麼？」

「嘻嘻。」貓女眉毛輕輕一挑，「你就慢慢猜吧，嘻嘻。」

「嗯……」少年H皺起眉頭，認真地想了起來。

「我貓女啊活了幾千年，沒學到什麼，只領悟了一個道理，遇到喜歡的就要去追求，不然肯定會後悔莫及。」貓女剛說完，側頭一笑，笑容甜美可愛，少了一份兇悍難馴，卻多了一份甜美動人。

在少年H眼中，此刻的貓女，竟有如鄰家女孩般令人感到親切。

讓他瞧得有些發愣。

這貓女，和少年H初次在地獄列車上所看到野獸女王模樣，竟然有如此大的差別？

究竟是什麼改變了她？還是這才是她本來的樣子呢？少年H喝下杯中最後一點牛奶，想著……也許有些事情，不要去追究比較好。

台北，中山捷運站。

阿胖和秦叔寶兩人在狹窄的巷弄進行一場激戰。

阿胖的錘如黃月，秦叔寶的槍如寒星，兩人各展絕學，在小巷中進行殊死決戰。

秦叔寶登上黑榜，其實和阿胖有些相似，為了心裡未償的夙願，只是一個走了正路，一個卻入了魔道，兩人口裡不說，卻在一招又一招火星迸裂的武器碰撞中，見到了對方的決心。

偏偏兩個人功力相若，招數悉敵，竟然鬥了一個旗鼓相當。

看到兩人的武器都以毫釐的驚險差距，擦過對方的要害，只看得兩方人馬驚呼連連，手心直冒冷汗。

「回頭吧。」阿胖咬牙，圓錘直搗秦，秦的長槍一顫，用銀臘槍頭拍去了阿胖的圓錘。「秦，回頭吧，我能替你和地獄說情，關個他媽的一兩百年，我在獵鬼小組等你！」

「不能回頭。」秦一嘆，手中長槍遞出，被阿胖的圓錘順手擋掉，「你也知道黑榜的啊。加入黑榜之後就別想叛出黑榜，否則就永無回頭之日了。」

「我保你！」阿胖怒道：「朋友是幹什麼的！？」

「嗯。」秦沒有回答，而他手中的紅纓長槍，氣勢卻弱了下來。

「當年你走不出一個情字，現在回到了地獄，你又為情所困，以致做出了錯誤的判斷，但是……」阿胖面色凝重，手上的圓錘虎虎生風，直壓秦叔寶。「英雄有淚不輕彈，只是未到傷心處，當年多少英雄豪傑還不是過不了情關？還不是淚灑衣襟？但是只要知道回頭，你他媽的還是一條好漢！」

「唉，只是，尉遲兄弟……」秦叔寶的長槍雖依然銳利，卻沒有剛才的氣勢滔天，咄咄逼人，槍頭一轉竟然開始轉攻為守。

那片舞動的紅纓，不再挾著悍然的兇氣威嚇敵人，反倒是緩慢悠轉，飄飄忽忽，像極了秦叔寶此刻的心情。

眾人沒想到阿胖幾句話，竟然可以說服剛剛還沉穩無敵的秦叔寶，娜娜這方忍不住面露喜色，而白骨精等人卻忍不住驚惶起來。

遙遙望去，只見小巷中阿胖手中圓錘化成的黃月越滾越快，金光燦爛，而秦叔寶的紅纓長槍所化成的寒星卻逐漸黯淡，正符合了「月明星稀」的寫照。

就在阿胖逐漸壓制秦叔寶的此刻，娜娜突然發出一聲嚴厲的尖吼。

「小人！你做什麼！」

說時遲那時快，娜娜一個轉身，後腰射出一道凌厲的黑線，直射向阿胖。

黑線身為「五色靈絲」中攻擊的主線，它的速度遠遠凌駕紅線，夾著穿毀一切的決心，眨眼間就到了阿胖的身旁。

「啊！」

「啊！娜娜！」

「妳做什麼？」眾人發出驚呼。

可是，在下一秒，他們立刻明白娜娜為什麼要射出黑絲了。

因為黑絲的另外一頭，剛好攪住了一根透明的白色唾線。

「透明唾線？」法咖啡怒叱，這裡還有誰比她更了解這唾線的威力？「三腳蟾蜍，你想要偷襲？」

「混蛋！」三腳蟾蜍罵了一聲，無奈唾線被娜娜給纏住，竟然掙脫不開。

「你的對手是我。」娜娜嫣然一笑，「你這隻死蟾蜍。」

就在同時，白骨精忽然轉身逃走，她知道大勢已去，她必須要逃。

只見白骨精雙手揮舞，衝入菲尼斯軍團的內部，菲尼斯軍團剛剛被秦叔寶痛宰，人人不死即傷，被白骨精一衝，頓時亂了隊形，硬是被衝開一條路。

只見白骨精身影如一把利刃，破菲尼斯軍團而出，斗篷底下纖瘦的身影，在月光下越奔越遠。

「白骨精就交給我了。」眼鏡猴扶了扶眼鏡，舔了舔嘴唇。「我最喜歡和美女打交道了。」

三腳蟾蜍，牠最早出現在中國童話的記錄，是跟西王母的故事有關。

傳說中，西王母居住在遙遠的西方崑崙山上，而一名孝子拔山涉水，只為了向西王母求得能治癒母親的良藥。

西王母為了考驗孝子的毅力，於是她在這條孝子的萬里路程中，設下了三個關卡，其中一個就是三腳蟾蜍。

後來，三腳蟾蜍的形象逐漸演化，變成嘴裡刁著錢幣的求財蟾蜍。

所以，地獄遊戲裡面的三腳蟾蜍，牠的職業不用多說，當然是商人。

牠的對手，娜娜，則是傳說中的蜘蛛精。

蜘蛛精在中國妖怪歷史上一直佔有一席之地，但是真正讓蜘蛛精成為大人小孩皆知的事蹟，卻是吳承恩的《西遊記》。

唐三藏和孫悟空西方取經的路途中，被這隻蜘蛛精搞得七葷八素，險些到不了西方取經。

而蟾蜍和蜘蛛更同列五毒之一，他們同樣含有劇毒，都是習慣棲息於陰暗，和擅長偷襲的生物。

如今，蜘蛛精遇上了蟾蜍怪，不但是正邪對決，更是五毒排名之爭，以及中國古老妖怪的比試。

「死蟾蜍，有種過來。」娜娜為了避免自己和蟾蜍的毒液波及其他玩家，便把牠引到人煙稀少的地點，再進行撲殺。

「怕妳喔！」蟾蜍一蹦一跳，毫無困難地追上了娜娜。

另一頭，眼鏡猴則打開了他的手機，然後進入電話簿的通訊錄。

「選這個好了，電子靈犬。」眼鏡猴冷笑。

只見手機發出燦爛藍光之後，地上出現了一隻機器杜賓犬，杜賓犬身材修長高大，肌肉線條曲線完美，重要的是牠擁有讓其他狗類望塵莫及的嗅覺和利齒。

「去追白骨精！」眼鏡猴發出命令。

杜賓狗眼睛紅光一閃，發出半狼半犬的咆哮，四足一躍，往巷子的另外一頭追了過去。

眼鏡猴一身都是特殊的靈子儀器，其中最得意的，莫過於他珍藏在手機裡面的電子寵物，只是別人都是可愛的小狗，而他的收藏中則多半是可以輕鬆將敵人撕裂成兩半的，掠食性動物。

而眼鏡猴的對手，白骨精。她的成名和蜘蛛精雷同，源自於《西遊記》故事中，抵擋唐三藏一行人至西方取經的妖怪之一，白骨精能幻化成美女，催化人心，是十分棘手的黑榜怪物。

如今，中山捷運站如迷宮般的小巷中，正邪兩方分成三股戰團，各自激戰。究竟會誰勝誰負呢？

此時，擁有特殊靈格，能夠拜請「三太子」上身的小三，卻露出怪異而擔憂的表情，摸著自己的胸膛，喃喃的自言自語……

「三太子，三太子……」小三傾聽著心裡的聲音，卻忍不住害怕，「您在擔心什麼？我們情勢大好啊？您為什麼燥動不安？還有什麼高手沒有現身嗎？」

同時間，中山捷運站的天空，一片象徵兇暴和毀滅的黑色凶雲，已經悄悄遮住了天空的月亮。

彷彿預告著，真正的殺局，才正要登場而已。

中山捷運站。

阿胖的招數越來越強勢，一輪黃月的圓錘壓制了秦叔寶的紅纓長槍。

「回來吧，老戰友。」阿胖霸氣十足的招數中，藏著比什麼都珍貴的友情懇求。

「回到地獄政府，我們敢作敢當，那姓何的女人，就讓她埋藏在我們的記憶裡，重要的是要保持一點氣節啊。」

「可是……」秦叔寶搖頭。

「回來吧，老友。」阿胖繼續遊說。

「可……」秦叔寶在此時，一雙細長鳳眼忽然大睜，表情怪異中有著驚駭。

紅纓長槍忽然鋒芒暴現，一招「急星墜地」，破了阿胖的優勢，原本佔盡優勢的阿胖被殺了一個措手不及，登登連退兩步，胸口的衣衫上多了一道淒厲的破口。

雖然阿胖沒有受傷，剛剛也夠他心驚的。「啊！秦兄弟，你！」

秦叔寶沒有說話，抿著嘴，長槍再攻，又是一招猛招「群星閃爍」，招數虛虛實實，在阿胖眼前映出一片明暗閃爍的槍海，兇險無比，逼得阿胖必須回招自救。

「秦兄弟……」阿胖聲音中有著輕微的哀傷，「你……這是你最後的決定嗎？」

秦叔寶沒有說話，堅毅的表情依舊什麼都沒有說，一雙細長的鳳眼，卻透露出緊迫和擔憂的神色。

阿胖咬牙反擊秦叔寶的長槍，卻慢慢地被對方一點一滴逼退。

「秦兄弟？你這是……」阿胖有些不解，秦叔寶的招數雖然兇狠，卻少了一點奪命的殺氣，反而像是想要把阿胖逼離小巷。

秦叔寶為什麼要把他逼離這裡？

是有什麼話要說？還是有什麼不能啟口的危機即將來臨？可惡！如果心細如髮的娜娜在這裡就好了，她一定能看出個什麼端倪的！

就在阿胖感到困惑不明的時候，一件事情跟著發生，讓阿胖無法繼續思考下去。

小巷中，忽然暴出另一聲盪人心魄的巨吼！

巨吼似哭似嚎，又充滿震動人心的奇異魔力。

『拜請！』

阿胖當然認得這聲巨吼，因為這是他親密的夥伴，是小三所喊出的。

只是，讓阿胖驚疑的是，小三為什麼在這時候請神上身？

難道……

「快走！」小三的聲音遠遠傳來，有著神明的威嚴，和讓人生畏的恐怖感。

「本神來擋著她，你們快走啊！」

中山捷運站。

小巷中，月光被一片烏雲整個遮蓋，黑沉沉的夜晚中，憑空乍現十幾名高大的身影。

這些高大身影不知道從何而來，也不知道何時出現，只是突然出現在小巷的中央，而他們繞成一個圓圈，肅立不動，圓圈中央隱約還站著一個人。圓圈中央那個人，正笑著。

她一頭燙捲的金髮，穿著鮮紅色的洋裝，滿臉皺紋，卻是十幾歲少女的打扮。

神祕訪客的出現，讓所有的玩家都騷動起來，包括請神上身的小三。

「本神不請自來就是為了對付妳這妖孽。」小三聲音不若過去結結巴巴，字字句句快如閃電沒有中斷，「妳這妖孽見到本神還不知道悔改？」

那群高大的身影直挺挺著站著，沒有人答話，只有圓圈中央的女子咯咯笑了。

「咯咯，若是三太子本尊到場，我也許還會敬他幾分，一個請神上身的小靈媒，你能發揮他幾成功力？」女子笑著說。

「住口！你這妖孽！」小三大吼一聲，往前撲去。

「所有人動手！」女子笑容瞬間收斂，「我要這裡半個活口都不留。」

這聲「動手」才剛響起，這群高大的身影頓時動了。

動了，就是戰慄血腥的開始。

他們背上同時長出一對巨大蝙蝠翅膀，眼睛透出紅光，嘴邊獠牙閃爍。

他們撲向周圍兩百個玩家，場面立時大亂起來。

但，這不是大亂而已，而是屠殺。

這跟數百年前，地獄第八層那場B族吸血鬼的屠殺竟然幾分神似。

都是極殘忍的強者，凌虐殘殺弱小的大屠殺。

而同時間，那女子也出手了，她身體像是沒有任何重量般緩緩飄起。

就在小三大吼撲來的同時，女子嘴角溢出一絲陰冷的笑容。

接著，女子的身影一動，竄過小三的身旁，瞬間到了小三的背後，然後她輕飄飄地落地。

整個動作從開始到結束，速度之快，竟然有如電影的剪接畫面。

而真正讓人駭然的，是小三的動作猛然一停，滾落在地上，臉上盡是不可思議的表情。

因為他赫然發現，他的左臂，竟然在這一眨眼的時間，消失了。

不，沒有消失，只是到了這女子的手上。

「吼！」小三發出痛撤心扉的大吼。

血柱，從他左手的斷臂傷口中，朝天空噴了出去，像是粗水管一樣亂甩。

「呸，臭的。」女子拿起小三手臂，在嘴邊舔了舔，只見她露出嫌惡的表情。「真是難喝的血。」

小三血流如注，躺在地上顫抖著，他怎麼會料到，眼前這個殺手，竟然厲害到這種地步。

她的強悍，不在少年H和阿努比斯之下啊！不！也許還在他們倆之上！

「真是煩惱，唉啊，真是煩惱。」那女子丟下了小三的斷臂，充滿皺紋的老臉，卻露出像是少女憂愁的表情。「我雖然貴為血腥瑪麗，可是自從喝過那個男人的血之後，我就覺得世界上再也沒有一口血能滿足我了。」

「妳……妳……原來你就是血腥瑪麗，黑榜上的紅心皇后？」小三咬牙站了起來，他發現周圍的兩百名高手玩家，竟然快被蝙蝠怪物給胡亂屠殺殆盡。

菲尼斯軍團潰散，夜鷹團哀號四逃，薔薇團的人也所剩無多，只剩下天使團還能勉強維持隊形，不斷催動法術，在一片雷電閃光中，力抗在天空中飛舞的蝙蝠怪物群。

「嗯。我好餓啊。」血腥瑪麗皺起眉頭。「我好餓啊，我好想喝美味的血啊。」

「妳……」小三終於勉強站起，做出了戰鬥的姿態。

「你的血怎麼這麼難喝？真是該死啊！」血腥瑪麗尖叫一聲，再度展現超越極限的速度，瞬間出現在小三的面前。

然後，血腥瑪麗右手高高舉起，指甲暴長。

對著小三的臉，狠狠地揮了下去。

對小三來說，生命中最快樂的時光，是加入了台灣獵鬼小組以後。

小三從小就擁有極為特殊的能力，可以溝通陰陽兩界的生物。只是像他這樣的小孩，不但沒有擁有快樂的童年，反而因為太過特殊而遭到其他人的排擠。

小三在家中排行第三，上面兩個哥哥，他的父親是一個在工地上班的工人，而母親則是標準的家庭主婦，偶而做做家庭手工，賺點外快貼補家用，這是一個再正常不過的台灣家庭了。

可是，小三的惡夢，卻從他五歲那年的一個晚上開始，他見到衣櫥上面飄著一個紅衣小孩……

那小孩先是對著小三扮鬼臉，小三受到驚嚇，躲到了棉被底下。

而之後，小三又陸陸續續見到很多「怪東西」，像是在菜市場中徘徊的餓死鬼，在醫院裡頭吊著點滴飄蕩的靈魂，還會看到隔壁打扮時髦的美麗阿姨，背上卻扛著好幾個眼神含怨的嬰靈，壓得阿姨的背越來越彎……

小三一直沒有跟任何人說，直到他六歲那年的某一天。

因為他看見了自己的父親的背後，竟然站著一個滿臉血污的紅衣女人。

小三很害怕，看著那女人亦步亦趨地跟著自己的父親，他慌張失措，緊緊地拉著父親的褲管。

「爸……爸……不……」小三害怕的連話都說不清楚。

「小三？怎麼啦。」父親是典型大男人，對小三的行為有些不耐煩。

「爸爸，你後面有……」小三聲音顫抖。「有壞……壞……」

「別亂講，小孩子嘴巴不要亂講！」爸爸聽完，好像有點嚇到，用力搧了小三一個耳刮子。

這時，小三看見了那滿臉血污的女人，一雙眼睛充滿惡毒，狠狠瞪著自己。

小三怕了，手指頭鬆了，鬆開了父親的褲管。

而那天晚上，父親就從工地的鷹架上摔落，摔斷了脊椎，睜著一雙大眼睛，斷氣了。

據說工地其他人的形容，小三的父親在掉落前，曾發出一聲淒厲無比的大叫，好像見到了什麼恐怖的東西。

小三父親的死狀很慘，一雙眼睛睜的大大的，死不瞑目。

緊接著，是小三的母親，她得知父親死掉的消息，承受不住打擊，當天晚上精神崩潰，從屋簷上拉下一條紅繩，圈住脖子，橫在半空中吊死了。

小三目睹整個慘案，他一直看到那個紅衣女子在家裡飄著，宛如惡魔肆虐。他則躲在角落裡，睜著一雙恐懼的眼神，瞪視著這個冤魂鬼女。

紅衣鬼女似乎對小三有點忌憚，一直到最後才決定對小三出手。

而當小三發狂似地跑出自己的家，在一家小廟前，砰一聲，撞到了一個身材高壯的老男人。

小三抬頭，看見了這老男人的笑容。

陽光下，這男人的笑容並不算開朗，兩排泛黃的牙齒，眼角深刻的皺紋，透露著未老先衰的孤獨。

但是，男人的笑，卻意外地給了小三一種「堅強可靠」的感覺，那是一種洞悉世間事的笑容。

「救我……」小三哭著，他隱約知道，這男人可以助他一臂之力。

男人蹲下來，摸著小三的頭。

「好特殊的小孩！你是天生能請神上身的靈格啊！」男人看著小三，沙啞的聲音說道：「這是一條很難走的路，會讓你失去很多東西喔，你願意嗎？」

小三似懂非懂，卻點下了頭。

「很好。」男人又笑了，只是這次的笑容不再溫厚，而是無與倫比的殺氣。

「那我首先來教你，怎麼擒殺眼前這個作惡的紅衣女鬼吧！」

後來，小三才知道，那個男人叫做阿魯。

他正是台灣獵鬼小組的隊長。

從此，小三成了乩童，他擊退了紅衣女鬼，替父母報了仇，卻同時成了一個孤兒。

而對他來說，當他進入了台灣獵鬼小組，遇見了老好人隊長阿魯，實力最強和個性最穩的阿胖，美豔的娜娜，以及嘴巴刻薄的眼鏡猴，才是他找到家人的時候。

這是一群和他相同怪異的朋友，所以是家人。

是的，獵鬼小組的每個人，是小三重要而且唯一的「家人」！

場景回到台北中山捷運站。

血腥瑪麗五爪高舉，對著小三直揮了下來。

這一瞬間，小三想起了很多事情，想起了他為什麼在這裡？想起了他視為家人的獵鬼小組？更想起了他需要保護什麼？

如果說他要保護的是全台灣的人民，不被黑榜妖怪侵襲……這理由太牽強了。因為小三從小就備受歧視，他討厭台灣小孩的程度，並不比黑榜妖怪來的少。

他之所以要戰鬥，是為了和「家人」在一起。

而他要保護的人，也只有四個人。

阿魯、阿胖、娜娜、眼鏡猴，也許還有那個令人佩服的張天師。

所以，他要攔住血腥瑪麗！

他要攔住血腥瑪麗！

要攔住血腥瑪麗！

「要攔住血腥瑪麗！」

空氣爆裂，血腥瑪麗的手臂不但沒有落下，反而被一根細瘦，但是力道強勁的手腕給握住。

這是小三的手，他竟然接住了血腥瑪麗致命的一擊。

「呦～」血腥瑪麗看著自己的手掌竟然被小三握住，臉上詫異的表情一閃而過。「原來你沒有我想像這麼肉腳嘛。」

「我要攔住妳。」剩下一隻右手的小三，眼神透露出絕對的殺氣。「我要攔住妳。」

「喔？」血腥瑪麗輕笑一聲。「你倒是試試看啊。」

「吼吼吼！」小三撲了過去，他右拳握緊，全身上下的靈力都積聚到這拳頭之上，高密度的靈力強化了拳頭的威力，讓這拳頭比鐵還堅硬，比刀刃還要銳利。

對小三來說，這應該是無堅不摧的一擊。

只可惜，他的對手是血腥瑪麗，一個從地獄中浴血而生，在不斷的殺戮、殺戮和殺戮中存活的女武神。

血腥瑪麗的嘴角，依然保持一貫輕蔑的微笑。

她銳利的指甲光芒，在空氣中畫出了一個血的十字架。

血的十字架，破入了小三突破極限組成的靈力拳頭，在小三的胸前，烙下清楚而深刻的血痕。

血，從搖晃的小三身軀中，猛然噴了出來。

「十字架的刻痕，是我最愛的一種刻法。」血腥瑪麗醜陋的老臉上，盡是諷刺的冷笑。「因為，我可以順便感謝我親愛的上帝，『阿門』！」

小三倒下，伴隨著小巷中的激戰也進入了尾聲。

菲尼斯團，全滅。

薔薇團，全滅。

夜鷹團，全滅。

以及支撐到最後的天使團，也在最後一名女戰士被十幾名吸血鬼一湧而上分屍之後，宣告全滅。

血腥瑪麗站環顧四周，戰場上分明已經大獲全勝，有件事卻讓她皺起了眉頭。

少了一個人，少了阿胖！剛才還和秦叔寶激戰的男人，離開了。

「反正你也逃不出我的手掌心。」血腥瑪麗露出冷笑，準備親自指揮追擊的時候，卻有另外一件事的發生，讓她停下了腳步。

一隻纖細瘦弱的手，在一片血海中，伸了出來，緊緊握住血腥瑪麗的腳踝，死也不放手。

血腥瑪麗低頭，看著這隻手，臉上則湧上了複雜的神情。「好傢伙，好傢伙。」

「你這小傢伙，你的毅力，讓我想起那個男人啊。」血腥瑪麗微笑，表情不再輕蔑，而顯得尊重：「既然這樣，我給你一個好死吧！」

就在血腥瑪麗現身，逆轉整個局勢的時候，中山捷運站的激戰也同時接近了尾聲。

秦叔寶的紅纓長槍使勁狂舞，將阿胖逼到了隔壁的暗巷牆邊。

就在阿胖大怒，要盡全力反擊的時候，卻見到秦叔寶放下了紅纓長槍，轉身。

「啊？」阿胖手上的古銅圓錘也隨之停止。「你為什麼停止攻擊了。」

「走吧，尉遲兄弟。」秦叔寶嘆氣。「離開這裡吧。」

「為什麼？」

秦叔寶搖頭。「因為，『她』來了，就算你們四個人全部加起來，也不是她的對手的。」

「『她』是誰？」阿胖驚懼地問。

「黑榜上，一個殺人不眨眼的鮮血皇后。」秦叔寶眼睛瞇起，低聲說：「血腥瑪麗！」

「紅心皇后，血腥瑪麗！」阿胖猛嚥了一下口水，手上的圓錘握得更緊了。

「沒錯。」秦叔寶，伸手按住了阿胖的肩膀，「你走吧，尉遲兄弟，我們道不同不相為謀，我只能幫你幫到這裡了。下一次我們就要兵戎相見了。」

「嗯。」阿胖低下頭，手上的圓錘把手越握越緊，「我要回去。」

「回去？」

「因為我還有一個兄弟在那裡。」阿胖咬牙，聲音堅定。「我一定要回去。」

「啊？你知道……你回去也幫不上忙，只是送死嗎？」秦叔寶驚訝地說。

「嗯，我知道，但是也許小三還沒死，只要任何一點希望，我都不該放棄。」阿胖拿起圓錘，往前走去，對秦叔寶一笑，「不管我們未來會如何，我還是高興在這裡遇到了你。秦兄弟。」

「尉遲兄弟。」秦叔寶看著阿胖的背影，久久不能言語。

「也許我沒辦法活著回來，也許你不會離開黑榜，但是我依然希望，因為遇到我，在你心裡埋下一個種子。」阿胖說：「那個種子，會讓你有天醒悟，回到好人的行列。」

阿胖知道，秦叔寶不會騙他，在小巷那頭等他的，肯定是紅心皇后血腥瑪麗，肯定是一個揮舞著鐮刀的死神，但是……

他必須回去。

因為阿胖知道，小三是他的家人，台灣獵鬼小組也許不強，也許不被重視，但，他們彼此信賴的程度，卻是全世界所有獵鬼小組中最強的。

為了小三，他要回去。

* * *

不過，似乎所有人都忘記，在這被鮮血渲染的小巷裡面，還有一個人。

她奉了夜王的命令，來到這裡尋找四人名單，卻意外地碰到這場強者對強者的終極獵殺。

她是法咖啡。

而她這片血污中，看見了一場令她感動無比的戰鬥。

堅持不放手的小三，在血腥瑪麗的爪子揮舞下，肉體急速的銷損，身上的血肉激飛，隨著十字般的爪痕，離開了小三原本就瘦弱的骨架。

但是，當軀體被毀滅，小三的精神卻被留下來了。

那是「不屈的戰意」。

「很好。」血腥瑪麗笑容終於收了起來。「你很強，強得令我敬佩。」

「要攔住血腥瑪麗！」終於，小三倒下了，他意志力在知道阿胖已經離開之後，終於整個潰散，他砰然躺在一片血污之中。

臨死前，他的嘴裡仍然喃喃念著他死前，最掛念的一件事。

要攔住血腥瑪麗。

要讓夥伴們離開。

「呼。」血腥瑪麗的雙爪放下，她低著頭，凝視著已經完全不成人形的小三屍體，久久不發一語。

「怎麼男人都是這副模樣啊。」血腥瑪麗仰起頭，深深吐出一口氣。「這就是你們男人所謂的義氣嗎？」

「回答我啊，是不是啊？你們男人都這樣嗎？」血腥瑪麗沒有轉頭，彷彿對著空氣說話。「是不是啊……尉遲恭？」

原來，血腥瑪麗並不是對空氣說話，她對著她背後的男人說話。

她的背後，巷子的底端，一個高壯男人踏著堅定不怕死的步伐，握著圓錘出現了。

他果然回來了。阿胖。「你們這些男人是怎麼搞得啊？」血腥瑪麗依然背對著阿胖，頭仰得高高的，卻深深地閉上了雙眼。「這樣叫我怎麼下得了手……殺你們啊？」

「不用妳來殺我們。」阿胖舞起了手上的黃色銅錘，虎虎生風。「我自己就會來殺

了！我不打了。」

「唉。」血腥瑪麗搖了搖頭，嘴裡低嘯一聲。「回來吧，我的吸血鬼手下！我們走

妳了。」

「咦？」阿胖和法咖啡發出驚疑的聲音。

「我生平最大的一件憾事，就是殺了『那個男人』……」血腥瑪麗苦笑，「唉，雖然我連他什麼名字都不知道，但是卻一直無法忘記他。所以……你們不要逼我再重現一次這種感覺，這次，算你們走運啦。」

在血腥瑪麗率領數十名吸血鬼高手離開的時候，法咖啡彷彿看見，血腥瑪麗那雙深邃的黑色眼珠，竟然閃爍著一層美麗的水光……

『那個男人』究竟是誰呢？法咖啡的腦海浮起了這樣的一個疑問。

可惜，就算法咖啡再聰明百倍，也猜不出血腥瑪麗背後的故事。

只是，法咖啡並沒有預料到，那個男人也許已經死了，但『那個男人』唯一遺留下的血親，正火速趕來台灣。

這個人，正準備要替地獄遊戲掀起另外一場高潮。

地獄
戰役

第五章《最強的夥伴，歸隊》

台北城，中山捷運站的激戰在一片血腥中落幕。

台灣獵鬼小組出現了第一位犧牲者，小三。

阿胖、娜娜和眼鏡猴三人，含著眼淚凝視著小三的屍體，對他們來說，他們不僅失去了對薔薇團的內線，更重要的是，他們失去了一個奮戰已久的夥伴。

同時也失去了一個「家人」。一個被他們視為家人的重要夥伴。

當時，娜娜和三腳蟾蜍激戰幾分鐘之後，發現原來的小巷傳來驚天動地的慘嚎聲。

當娜娜拋下了三腳蟾蜍，回到了現場，她雙腳宛如被水泥鑄在地面上，動彈不得，因為她見到了她生平最不想見到的畫面……躺在血泊中，動也不動的屍體……是小三嗎？

而眼鏡猴也在隨後趕到，原本他和白骨精在互相追逐，直到他聽到背後傳來一股聲音，怒喊「拜請！」，這聲音威猛至極！連夜空都隨之震盪，眼鏡猴知道情況不對，急忙捨下白骨精退回來。

看著小三安靜躺在血泊中，雙手緊緊攫著一塊從血腥瑪麗身上扯下來的破布。

所有人都沒有說話，只是低下頭。

他們心裡暗暗發誓，要用血腥瑪麗的頭顱，來祭祀小三的英魂。

地獄戰役

新竹市。

少年H並沒有來得及接到「小三的死訊」，因為在新竹市的第一場戰役，已經開打了。

織田信長的先鋒部隊，由三百多名兇悍玩家和黑榜怪物組成的團隊，利用朦朧晨光掩護，拂曉出擊，撲向了新竹市區。

先鋒部隊由妖將軍領軍。他手持被妖氣洗鍊過的武士刀，帶著三百多名的戰士衝出了新竹火車站。

只是新竹的玩家們，已經久聞織田信長大軍將至的消息，所以整個新竹火車站，空蕩蕩有如一座鬼城。

「先去7-11和全家商店，把資源搶光再說。」妖將軍也是身經百戰的將軍，知道『大軍未至，糧草先行』的道理，一個戰爭的成敗，往往取決一個軍團的糧食和資源是否夠多。

越多的資源，越能持久作戰，韌性也越強，戰術的運用空間更大，更是難纏。

妖將軍的手下們轟然允諾，四散開來，到火車站附近的7-11，推開大門，強搶藥水和武器。

只見群妖浩浩蕩蕩的衝入7-11裡頭，見商品就拿，還有人持著小刀頂在店員的脖子上，要求收銀機裡面所有的錢，真不愧是黑榜妖怪，果然完全學會了台灣惡棍的行為，已經完全「台化」了！這位店員是女性，她穿著7-11的紅色制服，長長黑髮盤在帽子裡頭，她被妖怪壓在牆上，動彈不得，只能睜著一雙大眼睛，默默地看著群妖在商店裡頭肆虐。

「這藥水不錯！我全要了！」妖怪嚷道。

「要就給你，別傷害我。」女店員顫抖地說。

「收銀機裡面的錢，我也全要了！」妖怪繼續嚷著。

「請拿，請拿。」女店員苦著臉說。

忽然，電動門發出叮咚一聲，穿著黑色皮夾克的妖將軍，雙手插在口袋，背上一把武士刀，囂張地走了進來。

「老大！」見到妖將軍，所有的妖怪同時低頭鞠躬，並讓開一條路。

「啊！我看到好東西了！」妖將軍走著，忽然眼睛一亮，直直往7-11的書籍區大步邁進。

書上。

「啊！」女店員低呼，因為她看見了妖將軍停在書籍區，手指放在一本黑色書皮的

妖將軍露出驚喜無比的神情。「就是這本！這本書在整個地獄已經飆價超過一億元，而且有錢還買不到，就是它！《地獄系列第一部．地獄列車》」！」

「老大，你喜歡就帶走它吧！」群妖大笑，諂媚地說。

「嗯，這是一定要的啊！」妖將軍得意一笑，把書塞進黑夾克的內層。「還有《地獄遊戲》、《雙劍傳說》、《百鬼》等等……目前都是地獄的搶手貨，作者是一個鳥不拉機的Div，人長得不怎麼樣，小說倒寫得不賴！」

就在妖將軍拿走《地獄列車》的時候，喧鬧的7-11人群中，忽然一道冰冷的殺氣閃過。

殺氣凜冽，妖將軍突然感到背脊發冷，他不知所以，急忙轉身，尋找這股殺氣的來源。

妖將軍身體一顫，因為他看見了一雙眼睛。

黑色瞳孔，周圍是淺棕色的虹膜，深邃而恐怖，宛如潛伏在深夜的殺手。

這是殺手的眼睛。

還是頂極殺手的眼睛。

眼睛的主人，竟是剛才還怯懦無比的女店員，她義正詞嚴地說：「顧客，請放下你的書。」

妖將軍和妖怪們先是一陣錯愕，隨即轟然大笑。「笨店員，妳知道妳在說什麼嗎？」

笑聲如浪潮湧來，那女店員表情依舊冷酷，不發一語。

群妖們笑得上氣不接下氣。「妳一個小店員，能做什麼？拜託！我們不吃妳，已經算是對妳客氣了啦！」

「是嗎？感謝你喔。」女店員忽然嘴角揚起，冷笑。

同時她一手叉腰，另一手拿下帽子，優雅的黑髮如瀑布般甩開。

「咦？」妖將軍眼睛一亮，他忽然發現，這女店員身材曼妙，加上儀態萬千，竟是一個美豔多姿的絕世美女……只是，這樣的美女，不該出現在遊戲設定之中啊！除非……

除非……她不是玩家，而是現實人物！

一個敢孤身出現在妖怪群中的現實人物，如果這人不是白癡，那肯定就是……絕頂高手！

妖將軍忽然醒悟，發出大吼。「所有人，小心啊！」

可是，妖將軍的提醒還是遲了一步，整個7-11在一秒之內，就整個血泉濺滿。

而且這些血，都是這群妖怪體內噴出來的。

他們甚至連自己怎麼死的，都搞不清楚。

「叮咚！」一聲。

7-11門開了，一個滿身是血的男人滾了出來，他是妖將軍，他張開滿是鮮血的嘴巴，發出淒厲的慘叫。

「織田前鋒部隊，全部給我過來啊！給我殺了這個女店員！」

而在妖將軍的身後，出現了一個窈窕的人影，她瞇著眼睛，彷彿享受著此刻的新竹陽光。

「如果殺得了我，你們可以試試看啊。」

陽光下，那女人黑髮映著黑玉般柔和的光芒，一雙眼睛嫵媚到了極致，不用說，她當然是……

貓女。

妖將軍的三百人部隊，發揮了織田軍團的威力，短短的十五分鐘，就在新竹火車站集結完畢。他們團團包圍了這家7-11，目的是圍捕在這家7-11中的美麗女店員，這個可能是史上最強的女店員。

女店員彷彿對來勢洶洶的織田前鋒軍毫無感覺，依然在7-11的櫃台上翻閱著雜誌。

「我們前鋒軍都是以速度取勝的高手。」妖將軍用手擦去一身血污，刻意忽略剛才自己的狼狽。「不管妳是什麼傢伙，在我們眼皮底下，是不可能溜掉的！」

「是嗎？」一個女音笑道。

這聲「是嗎？」來得好快，妖將軍還沒搞清楚怎麼一回事，臉上就挨了一記鮮辣的掌印。

「混蛋！」等到妖將軍憤怒地執起手上的武士刀，卻又看見7-11的門叮咚一聲，那女店員已經退回了店內，繼續翻閱手上的雜誌。

整個過程，連一秒的時間都不到，這女店員的速度快到簡直是驚世駭俗。

「好快！」妖將軍摸著自己發燙的臉頰。「這傢伙究竟是什麼？竟然快成這樣？」

這時，先鋒部隊中有一個人越眾而出，他說道：「妖老大，讓我來對付她。」

妖將軍回頭，見到這身材不算高大的男子，穿著一襲深紅色的緊身衣，頭上帶著紅色的面罩，面罩上畫著一個黃色的閃電。

「你是……？」妖將軍歪著頭，他不記得手下有這樣一個造型怪異的傢伙。「你幹嘛把內褲戴在頭上？」

「我是閃電俠。」男人用雙手比出一個誇張的閃電姿勢。「還有，把內褲戴在頭上的，是蝙蝠俠啦！」

「閃電俠？聽起來很快啊。」妖將軍點頭。「你能追上裡面的女店員嗎？」

「沒問題。」閃電俠說：「我繞地球一圈，只要八十秒而已喔。」

「感覺很屌。」妖將軍點頭，雖然他不太懂閃電俠在說什麼。

「是很屌。」閃電俠又比了一次誇張的閃電姿勢。

「追上去吧！」

「是！」

這瞬間，閃電俠的雙腳一蹬，啟動他的閃電雙腿肌肉，宛如一道紅色閃電，橫過新竹的街道，直襲7-11的大門。

所有人屏息以待，只見閃電俠要撲上女店員的那一刻，女店員跑了起來，閃電俠追上，形成兩人互相追逐的畫面。

因為女店員和閃電俠的衣服剛好同一色系，都走大紅色彩，又加上兩人速度都快到無以復加，整個7-11只剩下兩團紅影飄動，紅影頓時充滿了整個7-11。

「哇！好快！」妖將軍張大了嘴巴。

可是過了三分鐘，卻看見女店員已經悄悄停了，她輕巧地回到櫃台，繼續翻她的雜誌。

而笨笨的閃電俠則還在繞圈子跑，他越跑越快，越跑越快，已經快到可以追上自己剛才留下的殘影了。但是，奇怪的是，眼前這道紅影為什麼老是追不到，卻不知道那紅影是自己剛剛留下的。「聽說閃電俠速度快的祕密。」女店員從書籍區拿下了一本美國英雄漫畫，快速地翻閱。「是因為身體內的新陳代謝比別人還要快，換句話說，跑得越快老得越快。」

然後，女店員抬起頭，嫣然一笑。

「閃電俠，你慢慢跑，跑到你變成五十歲的模樣，再停下來就好了。」

看到7-11裡面的情況，妖將軍氣到跺腳。「這笨蛋！果然把內褲戴在頭上的人都不可靠！」

這時，妖將軍旁邊又出現了一個女人，這女人身上只披了一件豹紋小背心，身材火辣到不行。

「妳又是哪位？」妖將軍轉頭看著這豹紋女人。

「我是豹貓。」女人昂起頭，驕傲地說。

「豹貓？」妖將軍皺起眉頭。「那是什麼？可以吃嗎？」

「不是！喵！」豹貓生氣地跺腳，「我是以前收視率冠軍的卡通，叫做霹靂貓……裡面跑最快的女人啊！」

「喔。」妖將軍點頭，其實他哪裡知道什麼「霹靂貓」的卡通，幾十年前的卡通了。

「我會去把那奇怪的女店員抓出來的！」豹貓的腳在地上扒了兩下。「交給我吧！霹靂！霹靂！霹靂貓！」

豹貓衝進了7-11，在一片紅影中（因為閃電俠還在跑），豹貓正打算對女店員伸出爪子攻擊，卻看見女店員嘴唇動了動，對她說了一句話。

下一秒，豹貓的爪子就凝在半空中，不敢再動了。

妖將軍看著7-11半天，忍不住問道：「豹貓在幹嘛？幹嘛不動了。」

旁邊的妖怪也探頭看了一下。「報告妖老大，豹貓不是不動了……她好像在發抖！」

「幹嘛發抖？太冷了嗎？」妖將軍看了看天空，「這新竹的確比台南冷一點，風挺大的，但也沒必要這樣吧。」

「報告老大，豹貓好像不是因為冷。」

「那是為了什麼發抖？」妖將軍眉頭皺了起來。

「因為怕。」那人說。

「怕？牠幹嘛怕？我們有三百個人欸。」妖將軍說。

「我猜，豹貓是聽到了對方的名號，狠狠地嚇了一跳，所以才害怕的。」

「喔。這樣就大概了解了，不過對方的名號有什麼好怕？」妖將軍抓了抓頭，不解地問。

「因為對方是活了超過三千年的大妖，從遠古埃及就存在的戰鬥皇后，而且好死不死，還是豹貓的老祖宗，所以牠怕了。」妖怪說。

「活了三千年的大妖？」

「是啊！聽說就是貓女！」

「啊！原來是貓女啊！原來是這樣，這樣有道理……可是……咦？」妖將軍聽到這裡，忽然露出困惑的表情，「不簡單喔你。你是什麼妖怪？怎麼這麼瞭狀況啊？」

「我……」那妖怪笑了，笑容嬌媚迷人，「因為我就是貓女啊，喵喵～」

「什麼！」

妖將軍猛然轉頭。

眼前這個妖怪，臉型慢慢改變，變回一頭柔細的黑髮，一雙攝人心魄美麗貓瞳，臉上笑容甜美可人，一雙銳利的爪子卻發出駭人的殺氣。妖將軍身體不能控制地發起抖來。

因為他赫然發現，他那三百個手下，竟然都躺在自己的身旁，一個都不剩。

而眼前這個貓美女臉型又緩緩轉變，變成了剛才的女店員。

「歡迎光臨7-11，您永遠的好鄰居啊。」女店員笑容甜美地說。

說完，妖將軍的臉，就被貓女的爪子抓住，然後狠狠地埋入了地上的柏油之中。

妖將軍扭動兩下，就不動了。

妖將軍糊裡糊塗的人生，就在這一刻結束了。

貓女一人就殲滅了為數三百的前鋒部隊，但她卻一點高興的表情也沒有。

因為她比誰都清楚，比起妖將軍帶領的先鋒部隊，織田信長和鬼將軍率領的主力部隊，才是真正具有毀滅力量的軍團。

而她最危險的誘敵任務，現在才剛剛開始而已。

此刻，貓女舉起了左手，無名指上那只發著銀色光芒的指環。

指環上印著少年H的名字，也是地獄遊戲中象徵著「公」和「婆」聯繫的證明。

「H小子啊，」貓女看著戒指，揚起淺淺的微笑。「你想通了嗎？我要什麼東西？以及為什麼站在你們這邊了嗎？」

超過一千名的戰士，此刻，正整整齊齊地聚集在新竹火車站前。

這千名戰士給人的感覺，和妖將軍所率領的三百戰士截然不同。

這一千多名戰士面無表情，身材魁梧，有如一千座永遠擊不垮的石像。

而這群石像的領導者，正是統一台南城的王者，織田信長。

馬啼聲，達達響起，一名騎著雪白駿馬，穿著日本武士戰服的男人，出現在千人大軍的正前方。

這男人單騎而出的氣勢，絲毫不遜於這超過千人的部隊。如果說這千人部隊是一把無堅不摧的巨大長劍，那這個名為織田信長的男人，就肯定是這把長劍最重要的劍鋒。

劍鋒指向哪，長劍就能摧毀哪。織田信長是戰鬥部隊的核心、領袖，以及心臟。

這時，在織田信長旁邊，有另一個男人騎著黑馬尾隨其後，這男人是鬼將軍，也是在許多戰役中出盡奇招，讓敵人措手不及的怪物軍師。

如果說織田信長是軍隊的劍鋒，那鬼將軍就像是劍柄，他的思路清楚，策略高明，是織田部隊的策士。

他，也是戰鬥部隊的腦袋。如今，這個所向無敵的部隊，終於親臨新竹市，也難怪以貓女的高傲和強悍，亦將這誘敵任務，視為一場不能回頭的危險之旅。

「怎麼回事？」織田信長眉頭皺起，「妖將軍呢？」

鬼將軍回答：「根據妖將軍留下的記號，他發現目標，而且前去追擊敵人，從新竹市的光復路追去。」

這一切，當然是貓女刻意佈的局。

她所帶領的部隊，雖然是遊戲中最弱小的交通警察和清道夫，但是她卻懂得發揮他們的特長。

「清理現場」正是清道夫的拿手好戲，只花了十分鐘，就清理了現場三百名妖怪的屍體。

接著貓女對臨死的妖將軍施展幻術，進行拷問，騙出織田信長部隊的祕密記號。

這一切，都是為了引織田信長部隊，踏上光復路，這條能夠連貫新竹火車站、清華大學和交通大學，甚至能夠直上高速公路的新竹交通動脈，也是坑殺織田部隊的死亡大道。

少年H將會在光復路設下重重關卡，要一路殲滅織田部隊的兵馬。

所以貓女最重要的任務，就是要誘使織田信長毫無顧忌地走上光復路，不要讓他們繞其他的道路逼近清華大學。

這是一場豪賭，賭注從貓女踏上新竹火車站就開始了。

「鬼將軍，你覺得怎麼樣？」織田信長一雙瑞銳利如電的眼神，看著眼前的這個記號。

「報告將軍，我懷疑有詐。」鬼將軍說。

「喔？」織田點頭，「怎麼說？」

「妖將軍如果前去追擊敵人，不該一個部屬都不留。」鬼將軍說：「況且以我對妖將軍的了解，他沒有那個膽識，敢孤軍深入敵陣，他一定會等我們抵達，做他的後盾。」

「我也是這樣想。」織田信長表情冰冷。「哼。」

「妖將軍的部隊不是陣亡了，就是被擒。」鬼將軍凝視前方寬闊的光復路，「但是，我所擔心的卻不是這件事，而是對方的身分。妖將軍的部隊雖然不強，好歹也是擁有三百人的軍團，對方竟然硬生生吞掉三百人的部隊，一點渣都沒有留下，委實恐怖。」

「對方是可敬的對手，會是白老鼠嗎？」織田想到，這新竹除了白老鼠之外，沒有人擁有能和自己匹敵的雄兵。

「如果是白老鼠，實在不合理。根據九尾狐的回報，白老鼠早就被她玩弄在手心，怎麼可能發兵去偷襲妖將軍的部隊？」鬼將軍回答。

「嗯。」織田點頭。

「如果九尾狐的情報無誤，那表示新竹又有另外一股勢力在凝聚，多半是地獄政府和白榜搞的鬼。」

「你的推測很對，你認為我們該追嗎？」織田問。

「這……」鬼將軍微微遲疑。「妖將軍去向不明，追去恐怕又會中了對方的陷阱，只是……我們的部隊畢竟是來自外地，不適合久戰，這決定難下啊！」

「哈哈哈。」忽然織田信長大笑起來。「哈哈哈！」

「將軍何事發笑？」鬼將軍錯愕抬頭。

「我笑鬼將軍你啊。」織田豪氣十足的大笑，「你智者千慮，算無遺策，卻越算越是縛手縛腳，反而無法下重大決定。」

「是……」鬼將軍低下頭，汗顏地說：「將軍教訓的是。」

「我說，我們追！」織田信長停止大笑，臉上的表情堅毅如寒冰，一代霸者的氣勢展露無疑。「不入虎穴，怎麼能擒得到虎子呢？」

這樣一說，鬼將軍心服口服，他雖然擅長分析戰局變化，運籌帷幄，卻少了織田信長的果敢決斷。

織田信長，才是真正的領袖。

「是，我們的確該追。」鬼將軍一笑，智將之首的才華仍在：「我建議，我們該派出忍團刺探前方敵情，而且我們推進的速度不宜太快，避免誤中陷阱，另外，還要連絡九尾狐，讓她和我們首尾相連，無論敵人是誰，都不會是我們的對手。」

「這樣說才對嘛，不愧是鬼將軍。」織田低喝。「忍者軍團，上來！」

只見織田信長的前方空氣忽然模糊扭曲起來，一陣陰風吹過，兩個老人不知道何時，竟然已經跪伏在織田的面前。

「甲賀，伊賀，你們兩族隱藏身形的功力越來越高了啊！」織田冷笑。「躲在我的面前，我都無法發覺了。」

這兩個老人一男一女，他們聽到織田這樣說，依然面無表情，只是跪在地上。

這時，老婆婆開口了。「報告將軍，您謬讚我們伊賀族了。」

「我們甲賀族也受之不起。」老公公也說。

「哼，都有你們的話。」織田冷冷地說：「我手上有兩個任務，一個是刺探軍情，一個是去找到九尾狐。你們各挑一個吧。」

老公公和老婆婆互看了一眼，眼神交錯的瞬間，殺氣濃烈，甲賀和伊賀兩族仇敵的關係表露無遺。

「伊賀願去刺探敵情。」老婆婆說。

「甲賀願意去找九尾狐。」老公公也說。

「很好，伊賀，妳率領妳的手下。」織田指著老婆婆：「妳去查明妖將軍為何而敗？敵人有誰？如果可以，順便把敵人頭目的頭顱給摘下來吧。」

「領命。」老婆婆一低頭，整個人緩緩地消失在空氣之中。

「然後是你，甲賀，你們負責去探查九尾狐和白老鼠的情況，如果白老鼠確實在九尾狐的掌握下，那就算了。」織田冷冷地說：「如果白老鼠已經脫離了九尾狐的控制，你們應該知道該怎麼做吧？」

「甲賀知道。」老公公頭一低，嘴角揚起一個冷酷的微笑。「那就把白老鼠的頭顱，給帶回來。」

「沒錯，你懂就好。」織田伸手一拍馬背，策馬向前，「你可以走了。」

「遵命！」老公公這句話剛說完，人就已經消失在織田的面前了。

「無論敵人是誰，都不可能阻止我的霸者之路，是白老鼠？是什麼樣的敵人？都一樣！」織田信長右手握拳，仰天大笑。「這個新竹市是我的，哈哈哈哈。」

「是！」鬼將軍低頭。

鬼將軍看到織田信長派出伊賀甲賀兩派忍者。他心裡忍不住暗自戰慄，因為他比誰都清楚這兩家忍者的實力，他們也許戰鬥力不強，卻是最擅長詭殺的暗夜部隊。

當暗夜部隊一動，就是血染寧夜的時候了。

一場戰爭的開始，戰爭過程的佈局、策劃，到整個戰爭的結束，其實是非常複雜而且詭譎多變的。

其中牽連的範圍之廣，像是地形氣候、武器種類、科技發展，最後還有民心士氣以及心理層面。

所以才會有所謂的「戰爭學」的出現，因為，戰爭已經是一門高深莫測的學問。

但是，其實每場戰爭的勝負都存有一個重要關鍵！

小至兩人拿石頭互打，大至牽連全球上億人口的世界大戰，都是每個曾經經歷過戰爭的人都會同意的「關鍵」，而那個關鍵往往是決勝的最後因素……

那就是「運氣」。

如果諸葛亮運氣好一點，七出岐山，早把司馬懿的頭顱割下來了。如果蒙古遠征日本的時候，運氣好一點，就不會被颱風吹沉數百艘軍艦。如果希特勒運氣好一點，俄國沒搞出焦土政策，冷戰時期可能就不是美蘇對抗，而是美德對決了。

運氣。

奇妙的是，一場戰爭的勝負，也許在事後可以分析出一篇又一篇精彩的戰情報告，可以寫出一個又一個可歌可泣的故事。

可是，「運氣」往往藏在整個戰爭的後面，掌握了所有致勝的關鍵。

而在新竹市，織田信長大軍壓境，這裡沒有他在世時，那樣雄壯威武的軍力，也沒有他在世時日本的名將輩出，更沒有這麼多怪異誇張的武器。

這裡是「地獄遊戲」，你要獲勝就要按照地獄遊戲的規則來。

對沒有指揮過大軍的少年H來說，這就是運氣。

這是他逆轉擊敗織田信長的「運氣」。

但是，在無形中，運氣早就已經加入了這場賭局，還成為了整場賭局勝負的最後關鍵。

光復路上，織田大軍開始緩緩行進。

只是沒想到，很快的，第一個目標就出現在他們的面前。

一隊由貓女所率領的清道夫軍團，正拿著掃把，沿著道路慢慢走著。這隊伍怎麼看，都和「強」沾不上一點邊。

「很明顯的。」鬼將軍在織田信長耳邊說：「這是一個陷阱。」

「嗯，是不是陷阱馬上就會知道了。」織田信長點頭，手往前一揮。「叫第二小隊去追擊。」

織田信長的主力部隊兵力共一千餘名，下轄八個小隊，小隊人數約在一百五十人左右。

其中以織田親衛隊「第一小隊」最為厲害，另外，還有專屬鬼將軍的「第八小隊」也是部隊中的好手。

第二小隊雖然不算是特級部隊，卻也擁有一定的實力，小隊長領了命令，發出一聲雄壯的吼聲。第二小隊排成兩行，直直穿了出來，有如一道激射而出的羽箭。而箭頭的目標就是貓女的清道夫部隊。

貓女回頭，看見背後黃沙滾滾，一個人數約在兩百人的部隊浩浩蕩蕩而來，她見狀微微嘆了一口氣。

「只抓到兩百人而已啊。」貓女搖頭。「不愧是織田，果然事事小心，沒有那麼好騙！」

「可是，陷阱既然已經發動了，那就要完成！」貓女一笑。「發動吧！我的小貓陷阱！」

聽到貓女的命令，整個清道夫的隊形做了一個劇烈的反轉，直撲織田第二部隊，在此同時……

「嗶！嗶！嗶！」從光復路的兩旁，同時冒出數十名舉著牌子，吹著哨子的交通警察。

「怎麼回事？」織田部隊開始大亂，卻不能動彈，只能雙腳直挺挺地釘在地上。

原來，這就是「交通警察」的特殊能力，「任何只要在交通要道上前進的玩家，只要聽到交通警察的哨子聲，都必須停下來接受檢查，暫時停止施展特殊能力」。

而，這個時間正好是貓女最好的突擊時機。

貓女率領的清道夫集團，竟然發揮了前所未有的力量，撞破織田第二小隊的隊形，硬生生擠開一個缺口，開始混亂起來。

但，織田第二小隊雖然在交警的哨子下，不能施展特殊能力，卻依然還有上天賜予動物最基本的能力，那就是「肉搏」！

兩軍交鋒，立刻近身激戰，碰！碰！碰！到處都是沉悶而慘烈的血肉撞擊聲，近距離的交鋒比任何戰鬥都還要來得慘烈。

只是短短的三分鐘，雙方都倒下一半的兵馬。

三分鐘，就足夠織田後面的部隊從後面救援了。

織田第三和第四小隊，兩隊伍以長蛇陣的姿態，從左右兩側，加入了戰局。

勝負立判。

強弱太過懸殊，清道夫和交通警察轉眼間死傷殆盡，這一片由刀槍劍戟，和血肉紛飛組成的凶陣之中，只剩一個人還屹立不搖。

一個人，她還在戰鬥，而且越戰越強。

她身手矯捷，進退如電，雙手十爪在戰場上揮舞，畫出一道又一道華麗的白光，白光混著鮮血，美麗地讓人不寒而慄。

中爪者不死即傷，血陣之中，她有如地獄歸來的女戰神。

她是貓女。

「鬼將軍，那人是誰？」織田信長從遠方看去，暗暗心驚。

「這樣的身手……這樣的速度……」鬼將軍揉著眼睛，顯然不相信自己眼睛所看到的。「她應該是跟我們同列黑榜的……」

「嗯，是誰？」

「黑桃皇后，貓女！」鬼將軍低頭說著，卻掩不住聲音中的微微顫抖。

「好傢伙！哈哈哈！」織田信長忽然大笑起來。「哈哈哈！」

織田大笑之際，馬鞭一甩，白馬立刻狂奔起來。

「織田的部隊，給我讓到兩旁！」織田信長左手策馬，右手握住背上的長刀，整個人威武至極，「你們不是這女人的對手，貓女！就讓我第六天魔王來試試妳的能耐吧！」

聽到織田的命令，第二、三、四部隊如潮水般往兩旁退開。

貓女轉身昂頭，看著那匹白馬越奔越快，越奔越近，她忽然感到背脊一陣雞皮疙瘩往上竄。

這是害怕，也是興奮。

這是「高手對決」啊。

織田的白馬越奔越近，猛然往上一躍，躍入了兵陣之中。

白馬軀體擋住了陽光，有如從天而降的黑色死神，直逼貓女。

黑榜十六大妖怪，雖然彼此威震地獄，彼此卻多半極少見面，更別提臨陣對戰了。只是黑榜上的妖怪們多半尊敬彼此的排名，Ace的地位高於K，K則高於皇后，皇后又凌駕在J之上，只是並非鐵則，而是彼此默認的約定。

也從未有人問過，黑桃J和梅花皇后打起來，誰會獲勝？也沒有人懷疑過，當鑽石K遇到了黑桃皇后，誰會是最後站著微笑的那一個人。

不知道，也因為這不定的未知數，才讓織田信長遇到貓女的這場對決，特別引人入勝。

「我們老大會贏。」鬼將軍嘿嘿冷笑。「原因很簡單，因為現在是白天。」

「貓女的能力是無聲無息地潛入對方背後，給對方致命一擊，她的能力只侷限在深夜，如今織田老大全神貫注地盯著她，她要搞鬼，恐怕不容易。」鬼將軍暗自盤算，「況且，老大還有特殊能力還沒使出來呢。」

只見織田信長的白馬一躍而上，躍過了貓女的頭頂，而織田手中的武士刀，就在這時，沿著貓女的脖子削了下去。

這招偷襲，以馬匹的身體擋住陽光，有一招斃命的威力。

「好招。」貓女讚嘆，頭一側，黑髮飄揚，有驚無險地閃過。「只可惜遇到了我……」

貓女一笑，雙爪齊出，用力往上，貫入馬匹柔軟的腹部。

「給我讓開！」貓女低喝，滋的一聲！硬是把這匹雄壯的白馬撕成了兩截。

白馬慘嘶，血肉橫飛，貓女抬起頭，忽然驚覺這片血霧之中，一陣閃爍刺眼，這是刀光！

織田信長手握武士刀，從上而下，穿過空中飛濺的血肉，對準貓女腦門而來。

貓女避無可避，雙手舉爪，架住了這把武士刀。

鏗噹！

兩人妖氣第一次正面碰撞。

兩人都是妖氣驚天動地之輩，妖氣撞擊，登時激起一股無形的氣勁，往四周急速擴散而去，妖氣過後，不少無辜士兵竟被活生生震死。

但，貓女的爪子，終究沒能擋住織田信長的刀，十根爪子被刀子削斷，往四散激飛。

而織田的刀鋒此時落下，插入貓女雙眉之間。

撲滋！血泉猛然噴出！從貓女的眉心，噴了出來！

「好！」鬼將軍和眾手下同時歡呼。「織田老大果然厲害！」

貓女眉心中刀，眼見活不成了，睜著一雙不瞑目的大眼睛，慢慢癱倒……

一代黑桃皇后，一代暗殺高手，一代女中豪傑，貓女……竟然就這樣被織田一刀所殺？！

織田雙腳落地，冷笑，他慢慢往前走去，要拔下貓女額頭上的武士刀。

貓女眼睛大睜，顯然一直到死都不能相信，她會死在這裡，而她答應少年H的承諾，竟然這麼輕易就破滅了……

「抱歉，這是一個強者生存的世界。」織田信長冷笑，握住刀柄，「妳要怪，也只能怪妳選錯邊了。」

說完，織田信長手一用力，就要把刀子從貓女的眉間拔起。

忽然，織田信長聽到背後一個聲音，這聲音淒厲而惶恐，彷彿在大喊著什麼……

織田握刀的手心停住，轉頭傾聽，這一次他終於聽清楚了對方在喊什麼，這是鬼將軍的聲音……

「織田將軍！快離開！貓女是九命之身啊！」

這一剎那，織田信長的右手指頭突然沒了感覺。

他看見了自己的指頭，三根，整整齊齊，飛上了天空。

指頭的切口完美無缺，在空中映著陽光，血珠如同紅花緩緩綻放，動人無比。

織田信長低頭，他終於明白，他的手指頭為什麼會離開手掌了。

因為貓女醒了。

不，也許應該說是，貓女活了。

這隻命多到用不完的貓女，又從地獄回來了。

貓女自己拔下這把武士刀，眉心的傷口瞬間消失，蜿蜒流下的鮮血，凝滯在臉上，在她嬌柔豔麗的臉上，增添了令人戰慄的肅殺之氣。

美豔而殘忍，可愛而危險，正好符合貓女的形象。

「躲得好。」貓女用舌頭舔著武士刀上的血，「這場對決差點就結束了。」

「很好。三根指頭，妳毀了我右手持刀的能力。也就是破了我一身武術。」織田信長怒極反笑，「哈哈哈哈！」

「很好笑嗎？」貓女一手叉腰，俏立在織田面前，「等一下看你還能不能笑出來。」

「哈哈哈，很好笑，是很好笑！」織田大笑：「為了妳我要發動特殊能力，妳到時候就會知道，被我用刀殺死，其實是幸福多了。」

織田信長，這位縱橫日本戰國時期的風雲人物，他出生在西元一五四六年，崛起於日本的尾張，而真正讓他威震天下的戰役，則是「桶狹間之戰」，信長以三千士兵大敗今川義元的兩萬大軍，締造了日本戰國的奇蹟之役，也從此邁向了他爭霸天下的道路。

之後織田信長敗武田信玄大軍，破諸侯的包圍網，在信長手下名將羽柴秀吉（之後的豐臣秀吉）的四處征討之下，能威脅他的大勢力盡數瓦解，成為戰國獨一無二的霸主，這是他生命的高峰。

而關於這位英雄人物的殞落，則是著名的「本能寺之變」，信長當時僅僅帶著數百名衛兵在本能寺，卻被自己的妻舅明智光秀給帶兵叛變，信長放火焚燒本能寺，自己也被燒死其中，結束了日本霸主的傳奇一生。

織田信長這位身兼兵法、政治、滄桑和殘暴色彩的英雄。

他的特殊能力會是什麼呢？

「你的特殊能力是什麼呢？」貓女好整以暇，側著頭，笑著看織田信長。

織田沒有說話，只是靜靜地站著。

靜靜地站著。

時間竟然長達三分鐘。

這三分鐘內，除了周圍士兵退開的聲音之外，什麼事情都沒有發生……

「你在唬我嗎？」貓女的笑容消失了，取而代之的是如臨大敵的凜然，雖然她不知道織田信長的特殊能力是什麼……

但是天生的直覺，卻讓貓女手臂上柔軟的寒毛，悄悄地一根一根豎了起來。

尤其貓女對這感覺似曾相識，沒錯，就是在地獄列車上的那段悲慘記憶，當時重傷欲死的狼人T躺在地上，少年H射入一張又一張的符紙，啟動了一個瞬殺整車野獸的「火焰之牆」。

火焰之牆！？

貓女悚然一驚。忽然間她明白織田信長的特殊能力是什麼了！

「火燒本能寺！」

這一瞬間，貓女眼前已經被一片汪洋火海所籠罩，一片火舌吞吐中，貓女看不見周圍任何的景物。

「織田信長，你死在火裡，所以跟火焰的力量結合了嗎？」貓女看著眼前這一片火海，高聲說道。

「沒錯。」織田信長說：「而且火焰是最殘酷的能力，無論你有多少條命，只會在不斷在火焰中重複受折磨而已。」

原來，這片無窮無盡的火牆，就是織田的靈魂所化。

火牆如此高大綿延無盡，正顯示了織田信長的靈力之強，的確無愧於黑榜上的鑽石K。

「有人說，越是簡單的能力越強，掌管火、風、水、土的特殊能力者，越沒有破綻。」貓女仰頭看著周圍的火焰之牆，忽然，她笑了出來。

「有什麼好笑的？」織田聲音中有著怒氣。「妳笑我？」

「不是笑你啦。」貓女揮了揮手。「哎呦，這麼愛計較。」

「那妳在笑什麼……？」

「這片火牆，讓我想到了很美的回憶啊。」貓女微笑中竟然有著甜蜜，「好吧，也許不是很美，至少是很棒，就是在這一片火牆中，我遇見了他。」

「他？」織田聲音中帶著嘲諷，「是誰？好朋友？」

「是好朋友，我還是有少女的矜持好不好。」貓女一笑。

「哼！少女？活了三千年的少女？」織田冷笑。「不管怎麼樣，妳今天都會喪命在此！」

「不一定喔。」

「喔？妳還有自信？妳的特殊能力全部都被我封鎖了啊，九命被火焰封鎖，速度和爪子對我也無效，妳認為自己還有勝算？」

「嘻嘻，關於特殊能力，你少講了一項啦。」

「少講了一項？」

貓女伸了一個懶腰，曼妙的身材一覽無遺。「我還有一樣武器還沒使出來啊。」

「啊？」

「別忘了……」貓女嫣然一笑。「貓，可是巫術的代表呢。」

交通大學。

在同一時間，交通大學外面，來了一個不速之客。

要知道，交通大學是白老鼠的大本營，這裡共有超過兩千個玩家，有兩百個等級超過四十的高手，這其中四個人，等級更是超過六十！

等級超過五十就擁有了自組團隊的能力，到達六十，更是足以名列「黎明石碑」

的特級高手。

如今，卻有四個高手願意屈居在白老鼠的手下，根據他們的姓氏，他們被稱作「呂游蘇謝」四天王。

但是這個不速之客，卻一個人穿著拖鞋、短褲和白襯衫，大搖大擺地往交通大學的校園走去。不用說，他當然就是土地公。他站在門口，警衛本想出聲嚇阻，手只伸了一半就停住，趕忙用對講機連絡校園的警衛系統。

「來了來了！」警衛的聲音充滿慌張。

對講機那頭傳來不耐煩的聲音，「什麼來了！」

「那個人來了！」警衛聲音好驚惶，「那個人從山坡上的土地廟悄悄走出來了！」

「誰？誰會從土地廟走出來？」

「那還用說！」警衛說：「當然是土地公啊！」

土地公走向交大的男宿，雙手叉腰，在門口一站，大喊。

「叫那隻白老鼠給我出來！」

這句話才剛說完，土地公的前面就出現了四個人，三男一女，正是白老鼠手下的四大天王「呂游蘇謝」。

「要見我們老大，得先過我們這關！」四天王中的呂是位女性，她身高不高，體重不輕，頭髮不長，皮膚不白，卻是交大許多人追求的熱門美女。

「沒錯！」其他三人同聲說道：「要過此關，留下命來！」

「很好，很好，呵呵。」土地公低著頭笑了，只笑幾聲，他笑聲就忽然停住，眼神綻放凜冽殺氣，「那你們就倒下吧！」

只見土地公右腳抬起，腳上那隻藍白色的拖鞋在眾人面前，輕輕晃動。

「三寶之，藍白拖鞋！」呂游蘇謝一愣，眼前忽然湧出一片密密麻麻的鞋影，夾帶遮天蔽地猛惡之氣，對著他們四人直撲而來。

四大天王不愧是四大天王，各展絕招來抵擋這雷霆萬鈞的……藍白拖鞋！

先是游天王，他身體放鬆，有如柳絮迎風，在數不盡的鞋影中他左右擺盪，竟然不傷分毫。

「好，好柔軟的身段！」土地公讚道。「可惜對我沒用！所謂打蛇打七寸，打架就踩腳！」

這句話剛說完，土地公的藍白拖鞋鞋影不再水平進攻，反而朝游天王的下盤攻去。

噗！噗！游天王一身所有軟功的基礎就在一雙腳板上，卻被土地公狠狠踩中，發出低沉的骨頭碎裂聲。

「可……惡……」游天王跪倒在地，雙手抓著土地公的褲沿，「別以為我不知道……你是看了『功夫』對不對？」

「嘿！不好意思，我也是星爺的影迷啊。」土地公一笑，右腳舉起，落下！對游天王踩下最後一腳。

然後是蘇天王，蘇年紀輕輕就額上見光，他大吼「衝衝衝！」，用頭去撞漫天鞋影，砰一聲，土地公只覺得右腳痠麻，忍不住停了下來。

「好硬的頭！」土地公笑道：「我們再來！我換左腳！」

「不……不衝了！」蘇天王剛說完，帶著光頭腦袋上一個清楚的鞋印，仰頭便倒。

蘇天王暈了過去。

「好傢伙，竟然幹掉了我們蘇天王！」謝天王見狀大怒，身材矮小的他有著比別人更高的志氣，還有一個更大的嘴巴。

只見謝天王他用力吸了一口氣，兩個腮幫子高高鼓起，然後猛力一吹。

一股拔山倒樹的強風直撲土地公而來，吹得土地公雙腳離地，往天空飛去。

「好傢伙，這張嘴巴真是厲害！」土地公身在半空中，臉上依然掛著笑容。「看我的第二項法寶，寬大白T恤！」

只見飄在半空中的土地公突然膨脹起來，他白色的T恤像是吹氣球一樣，越吹越大，越吹越鼓，不到幾秒，就變成了直徑五公尺的白色大氣球。

「你很會吹是不是，那看我的吧！」土地公大笑，白色氣球的底部打開一個縫，一股比謝天王還強勁百倍的狂風頓時傾瀉而出。

「什麼！竟然有人比我還會臭彈！」謝天王招架不住，被狂風一吹，飄上了天空再也找不到了。

土地公放鬆白色T恤，緩緩地降落，和最後一個天王，呂，面對面站著。

兩人臉的距離只有十公分，狠狠地互相瞪視著。

就這樣瞪視了三十秒，土地公突然彎腰猛吐起來，「妳贏了！妳實在太醜了！我沒辦法這樣一直看著妳啊！」

「啊啊啊！」呂天王從未受過這樣的羞辱，發出震動天地的慘叫，「我要殺了你！」

「呂天王的絕招！清香水蓮！」呂天王雙手托天，手指比出蓮花姿態，只見天空中風雲變色，日月無光，正是猛招降臨的預兆。

「他不愛妳。」忽然，低頭吐著的土地公，說出了這句話。

「啊？什麼？」呂天王一愣。

「他就是不愛妳。」土地公嘆氣。「妳還執迷不悔嗎？」

「……」

「妳的主子愛的是別人，他不愛妳，妳不懂嗎？」

「我……我……」呂天王的雙手顫動，那手蓮花也隨之搖擺起來。

「其實，妳早就知道了吧。」土地公慢慢地起身，拍了拍呂天王的肩膀。「這些年來，辛苦妳了。」

「……他……他……不愛我。」呂天王莫名其妙地熱淚盈眶起來。「是……我早就知道了……」

「好啦，別哭了。」土地公摸了摸呂天王的頭。「現在該幹正事了，我們正在打架啊。」

「不打了！」呂天王跺腳。

「呃？不打了？」

「我是女生欸！女生打架是要看心情的啦，你懂不懂啊～」呂天王哭著說：「你快滾過去啦！不要再讓我看到你！」

「好啦好啦，那妳保重囉。」土地公搔了搔後腦勺，「天涯何處無芳草，妳保重喔。」

「……」呂天王沒有回答，只是搖頭。

於是，土地公無風無雨地闖進了男生宿舍，他拍了拍胸脯，心裡暗叫好險。

「聽說呂天王看起來雖然情緒化，其實是四大天王中實力最強的，尤其她有首魔音傳腦曲『交大無帥哥』，只要一曲就可以殺掉一千條野狗，五千個帥哥，是靈力應用在音樂的極致表現，幸好她不想打……」

「闖過了四大天王，其他的玩家不敢動我，現在只剩下兩個人了。」土地公轉了轉脖子，「一個是該打屁股的白老鼠，一個就是麻煩至極的……」

土地公只說到一半，就看見眼前男宿的樓梯走來一個人，這人背對樓梯光源，臉龐一片漆黑，讓人看不清楚真正面容。

「少年H？」土地公先是一驚，然後忍不住笑了起來。「好像啊，果然好像，是吧？九尾狐。」

「呵呵。」少年H外表的九尾狐，一雙狐媚的眼睛眨了眨。「你好啊，土地公。」

「妳好。」土地公恭敬一鞠躬。「我敬妳是中國妖怪的老前輩，所以跟妳一拜。」

「你很讓我吃驚喔。」九尾狐慢慢走下樓梯，每走一步，背後的尾巴就伸出一條。從炙熱的火尾、閃耀著金光的金尾，到雄壯的木尾，聲勢越來越嚇人。「而且你到現在好像還沒有拿出實力啊？」

「是嗎？」土地公聳肩微笑。「會不會是妳想太多了？」

「你是誰呢？」九尾狐冷冷地微笑。「你絕對不是一個土地公那麼簡單？你到底是誰呢？」

「我到底是誰？」土地公依然嘻嘻一笑，雙手插在口袋裡面。「打打看，不就知道了嗎？」

少年H此刻正站在清華大學裡的一棵樹下，閉著眼睛安靜地等著。

清華大學佔地極廣，半山半平原的地形極為複雜，而且有湖泊、樹林、大草原，以及零星大樓散佈其間，構成一個充滿陷阱和變數的軍事要地。

而他手下，這些承自新竹王城的精銳部隊，正埋伏在校園各處，等待長官的進一步命令。

對少年H來說，他並不是不擔心貓女或是土地公的安危，只是他知道，越是著急越是壞事，他信任這兩個夥伴的能力。

他們必能平安歸來。

忽然，少年H的眼睛睜開了。

他感覺到周圍的士兵開始騷動。

怎麼回事呢？少年H暗自吃驚，有人試圖突破這個嚴密的防禦網嗎？

是貓女任務失敗，織田大軍已經抵達？還是另有其他高手？

過了幾秒，騷動又停止了。

少年H眼睛終於安心地閉上，可是，瞬間他又睜開眼睛。

「不對！」
因為，有東西來了，的確有東西來了！
少年H才往前走一步，眼前忽然一道黑影從樹間掠過，速度之快讓人咋舌。
除了貓女，少年H幾乎沒見過有人擁有這麼迅捷的身手，但是，這個人顯然不是貓女。
貓女的頭髮是黑色，而那黑影的金髮，則在剛才一閃而過。
少年H如臨大敵，他一躍而起，嘴裡低喝一聲，伸手往那棵大樹，狠狠拍去。
要知道此刻的少年H初窺可視靈波的境界，已經算是地獄罕見的高手了。
他的一掌拍中樹幹，沒有將樹幹折斷，一股內勁卻隨著樹幹往上游走，直逼樹上的不速之客。
「垮！」
樹葉紛飛。
這棵大樹半數的樹葉，竟然同時被震離樹枝，在空中有如一朵瞬間即逝的綠色煙花。
而這個不速之客，似乎沒有受傷，她一個優雅轉身，黑色斗篷張開，跳向旁邊的大樹。
「好！」少年H吃驚不小，對方底子之硬，似乎不在自己之下，絕對是黑榜上十六魔王的等級。

少年H右手抓住樹幹，右腳蹬上樹幹，一個騰越，也跟著上了樹。

「嘻嘻。」樹葉遮掩下，對方嘻嘻一笑，「張真人，你進步不少啊。」

「啊？你認得我？」少年H微驚。

「哎，你進步很多，我也進步不少啊。」那聲線略高，對方是女子？「我得到了老祖先的血，已經是元祖級的人物了。」

「妳……妳……」少年H聽出了對方的身分，驚喜地說，「妳……醒過來了？」

「傻瓜，不醒過來？難道你在做夢嗎？」對方的身分呼之欲出，她伸出右手，「可惜我不能曬大量陽光，只能躲在樹中跟你相認，少年H你一個人辛苦啦。」

「是。」少年H笑道：「妳一回來，我們又可以跟當年一樣合作，打遍天下無敵手了。」

「沒錯，報告曼哈頓獵鬼小組。」對方一笑，那張姣好的臉蛋從黑暗中漸漸清楚浮現，正是少年H熟悉無比的容顏。

「我，吸血鬼女，正式歸隊！」

第六章《貓女》

巫，這個字其實很難定義，個人認為，「巫」應該是一種人與自然力量的溝通方式。

古時候，「巫師」在部落中佔有極為重要的地位，原因是巫師負責把人民的聲音傳達給神，加上巫師通常擁有非常好的醫藥常識，因為他們也擔任部落醫生的角色。但是，由於「巫」的力量太過神祕而難測，人類不免懷著崇敬和恐懼的心態去看待。

巫術和巫師的沒落，則是在中世紀的「巫女時代」，在當時，由於許多的政治和社會因素，政府開始大規模掃蕩巫師和巫女，甚至施以殘酷的火刑來遏止巫術的發展。從此，巫術就被得權者冠上了「恐怖」和「邪惡」的惡名。

事實上，當時他們所處死的巫女們真的懂巫術嗎？或只是一種變相的社會迫害？真正的巫師和巫女又到了哪裡去呢？真正的巫術到底存在過嗎？巫毒娃娃的力量是真的還是假的？

也許這答案無人可以回答，但是在施展巫術必備的一樣生物，卻依然健康地存在世界上。

那就是貓。

在巫術的說法裡面，貓是能夠溝通靈界的生物，牠們是靈界的信差。

而此時此刻的地獄遊戲中，貓女擁有的最後一張王牌——巫術，終於要掀開了。

在熊熊的烈焰之前，貓女的身影顯得極為嬌小，她嘴角揚起那永遠的微笑。

她蹲下，雙手按在地上，手心沾滿了剛才戰士流下的血液。

「巫術！？」織田信長化成的火焰發出大笑，「只是用來釘小人的小玩藝吧！想用在真正的戰鬥，再等一千年吧！」

「是嗎？那就請你看看……」貓女蹲在地上，抬頭笑了。「巫術之……疾疾，水來！」

只見貓女手掌上出現一個銀色的砲彈，砲彈不斷翻轉滾動，形態扭曲，原來是由水凝聚而成。

「水滅火，去吧！」貓女把手上的水用力一扔，對著織田的火焰之牆拋去。

水能滅火，可是面對如此巨大的火焰之牆，嘩一聲，水竟然盡數蒸發，一滴也不留。

「妳就這麼一點能耐？」織田狂笑，火焰之牆中竟然伸出一隻烈焰之手，聲勢猛烈，對著貓女抓去。

「是嗎？」掌握速度的妖怪貓女，怎麼會畏懼這火焰之手，她往上一躍，輕易就閃過織田的這波攻勢，同時手上又多了一顆水球。

「疾疾，水來！」

水球扔入織田的火焰之牆，冒出劇烈的白煙之後，又是全數回到了空氣之中。

「妳那一點招數！」織田聲音中有著無比的狂妄，催動火牆，只見這次不再是一隻火焰之手，而是漫天飛來的火焰砲彈。

「喔……」一直輕鬆愉快的貓女，首次露出了慎重的表情，她雙腿一蹬，盡情地狂奔起來。

火焰不斷追著貓女，貓女左閃右躲，只見火焰在地上炸出一個又一個熱烈衝天火花，而貓女曼妙的身材跳躍著，竟有如置身美妙煙火中的浪漫舞者。

「看妳能躲到什麼時候？」織田威嚴的聲音響著。

而反觀貓女的表情不再輕鬆，隨著身上焦黑的痕跡越來越多，她的表情也越來越吃力，她似乎知道……這場仗最後的結局。

第七章《尾聲》

新竹市光復路上，被一堵高聳的火牆橫斷了整條路，火焰就像是一頭巨大無比的野獸，不斷撲擊著一名身手矯健的美女。

火牆是織田，而美女當然就是貓女了。

他們的對決，是典型的強者對決。

火焰威力強大，而且攻擊範圍極廣，貓女的速度和利爪完全無用武之地，只能在原地跳躍閃躲，狼狽萬分。

終於，貓女的腳步停了。她那足以傲視地獄的身手，無聲而迅捷的雙腳，終於承受不住織田信長沒有停止的猛攻，酸疼的肌肉逼她停下了腳步。

「結束了吧！」火焰中的織田發出大笑，「黑榜的排名果然是正確的，黑桃皇后再強，怎麼會是鑽石國王的對手？」

「呼呼……」貓女蹲在地上，喘著氣，她頭低垂，雙手按在地上。

「哈哈哈！」織田化成的火焰怪物，身上的火焰滾滾燥動，反映出織田得意的心情。

「你真的這樣覺得嗎？」貓女甩了甩黑色的頭髮，抬起頭，露齒一笑。「你不妨看看你周圍的地上吧！」

織田一聽愣然，往周圍看去，地上不知道什麼時候，竟然被畫上了一幅又一幅奇怪的符號。

這些符號是用剛才戰士流的血所畫，呈象形，有的是太陽，有的是月亮，有的則是權杖，有的則是寶劍……重點是，這些符號彼此相連，已經形成一個完整的圓。

圓的中心，就是織田幻化的火牆。

「這是什麼？這是什麼巫術？」織田發出驚疑的聲音。

「呵呵，你連這個都不知道……」貓女優雅從地上爬起，「這叫做『魔法陣』啊，織田寶貝。」

「魔法陣？妳以為在地上塗鴉就可以嚇倒我嗎？」織田聲音中已經不再像剛才那樣霸氣威風。

「嘻嘻，你知道魔法陣是幹什麼的嗎？我告訴你，它是召喚和祈求！對了，它專門祈求自然界的現象喔。」貓女右手高舉，直指天空。「你猜猜，我現在最想要祈求什麼？」

只見貓女手指天空，天空忽然傳來一聲悶雷，滾滾烏雲迅速從四面八方聚集過來，氣勢萬千。

正所謂「山雨欲來，風滿樓。」就是這股讓人打從心裡戰慄的氣勢。

貓女手指著天空，臉上笑容消失，取而代之的是嚴肅而痛快的表情。

「魔法陣召喚！」貓女大笑，「暴雨，落下吧！」

「什麼！」織田知道大勢不好，發出一聲淒厲的大吼，「大雨？不要！不要啊！」

這瞬間，天空的烏雲如同炸開一般，化作千萬顆斗大雨珠，嘩啦啦傾盆而下。

織田信長所化成的火牆，怎麼承受得住這樣強大的雨勢，裊裊的白煙不斷從火牆中升起，把整條路都埋在一片白霧之中。

白霧中，只見火光越來越弱，僅剩一片零星的火光……

「貓女，妳給我記住！」織田的氣若遊絲，「大雨縱然可以削弱我的力量，卻破壞不了我的元神……我們之間不會就這樣算了！」

「誰管你以後要不要報仇。」貓女雙手叉腰，臉上的表情竟然有幾分滿足，幾分懷念。「這大火，讓我想起了和少年H相遇的時候啊。」

然後，貓女只覺得全身虛脫，一身驚天動地的靈力已經耗盡在召喚狂風暴雨之中了。

要戰勝織田這樣的高手，貓女也必須付出極慘痛的代價啊！

大雨中，貓女慢慢地躺下，有如一隻熟睡的貓，這樣悄悄地，柔柔地，陷入了昏迷。

在陷入昏迷前，貓女嘴裡喃喃吐出了最後一句話，聲音低柔，有如思念的呢喃。

「喜歡我的偷襲嗎？帥哥。」

當貓女昏倒在一片雨水之中，一雙腳慢慢的靠近，到她臉頰旁邊才停了下來。

這雙腳穿著相當粗獷的獸皮大靴，停在她的身旁，久久不語。

「靈力耗盡了啊。」那人聲音粗獷：「貓女，沒想到妳也有這麼一天啊，嘿嘿。」

台北城，法咖啡將夜王失蹤的事情，元元本本交代給台灣獵鬼小組。

而阿胖等人也將血腥瑪麗的資料，轉述給法咖啡聽。

「血腥瑪麗！」法咖啡摀住嘴巴壓抑尖叫聲。「你說偷襲夜王老大的人，是血腥瑪麗嗎？」

「沒錯，殺人後會在現場留下『我在等你啊，那男人的希望』的人，就是血腥瑪麗。」阿胖點頭，「所以夜王之所以失蹤，九成九是因為血腥瑪麗。」

「那……」法咖啡露出憂心忡忡的表情，她親眼見到血腥瑪麗的厲害，如果夜王真的遭到血腥瑪麗的偷襲，恐怕真的是凶多吉少。

娜娜拍了法咖啡的肩膀，說道：「法咖啡小姐，我完全能理解妳的心情，我曾經很仰慕的一個男人，他也是這樣，老是不把自己的安危考慮進去。」

「嗯，那男人是誰？」法咖啡禁不住好奇，追問道。

「他是前陣子威震台北城的少年，更是夜王的好朋友……」娜娜輕輕嘆氣，「他的名字就是少年H。」

「少年H……」法咖啡喃喃自語，「我好像聽夜王說過。」

「沒錯，所以，我了解妳的心情，也請妳不要擔心，男人都是這樣，他們愛下賭注，老是不顧一切。」娜娜一笑，笑容又是苦澀又是驕傲：「所以我相信夜王和少年H一樣，他們一定不會有事的。」

「嗯。」法咖啡伸手握住了娜娜的手，點了點頭。「沒錯，夜王是我親手挑選的老大，他一定不會有事的。」

「當然。」法咖啡一笑，她腦海浮現了少年H的背影，這個精練而微瘦的肩膀，究竟承受了多重的壓力呢？

少年H，你一個人在新竹，還好嗎？

「我們會協助妳調查夜王的下落。」阿胖說：「不過也請妳幫我們留意血腥瑪麗的消息，我們要替小三報仇。」

「這沒問題。」法咖啡點頭。「可是，血腥瑪麗這樣厲害，就算有她的消息，我們真的對付得了她嗎？」

「唉。」阿胖和娜娜聽到法咖啡如此說，同時嘆了一口氣。

而且，令阿胖和娜娜擔心的不只是小三的事情，還有他們的夥伴，眼鏡猴。

眼鏡猴似乎對「找血腥瑪麗替小三報仇」這件事，有很大的疑慮，只看見他低著頭，不斷搓著雙手，雙腳來回擺動，顯然非常的焦慮。

阿胖他們和眼鏡猴相交也有好十年了，他們知道，眼鏡猴心裡所想的事情……

『如果不能幫小三報仇，何苦送了性命呢？』

畢竟，眼鏡猴的出身和阿胖與娜娜不同，他原本是在台灣受普通教育的理工學生，因為對電子靈力有興趣，才在死後被拉拔成台灣獵鬼小組。

而這幾十年來，台灣風平浪靜，偶而一些好兄弟鬧事，也不可能危及獵鬼小組的存亡，更別提讓眼鏡猴遇到什麼生死交關的抉擇。

所以，眼鏡猴沒有經過那種出生入死的兄弟之情，說穿了，他不過是一個擁有特別好頭腦的凡人鬼罷了。

況且，在阿胖他們眼中，眼鏡猴一直以欺負小三為樂，現在遇到了要捐出生命的大事，眼鏡猴自然會有所疑慮。

「眼鏡猴。」娜娜拍了眼鏡猴的肩膀，輕柔的嘆了一口氣。「如果找到了血腥瑪麗，如果你不來也沒關係，我們不會怪你的……」

「嗯。」眼鏡猴沒有說話，只是搓著手，猛嘆氣。

「眼鏡猴，我們幾個一起出生入死……」阿胖看到眼鏡猴這個樣子，忍不住大聲起來。「你這是什麼態度啊！」

「阿胖，沒關係啦。」娜娜搖頭。「人各有志。」

「你們懂什麼！」眼鏡猴忽然抬起頭，也大嚷起來，「如果是那隻白骨精，我還有對付的可能，但是，但是……那個血腥瑪麗……你沒看到她怎麼殺死小三的？你沒看到小三那種死狀？請三太子上身之後的小三，他的戰鬥力有多強你們又不是不知道，連他都被打成這樣……我們還有一點勝算嗎？我們幹嘛去送死！」

「你這混蛋！」阿胖還沒聽完眼鏡猴說完，拳頭已經揮了過去。

砰的一聲，眼鏡猴的眼鏡碎開，鼻血直流。

「眼鏡猴你這個混蛋！你他媽的我們以後不是兄弟！」阿胖怒吼。

「不是兄弟就不是兄弟……你以為你們很了解我嗎？一個是中國千年的門神，享有多少人尊崇，一個是西遊記中提到的蜘蛛精，在妖怪界也是赫赫有名，而我呢？一個平凡人，你們真的知道我為什麼參加獵鬼小組嗎？我怎麼死的？我的夙願是什麼？你們真的了解嗎？」

眼鏡猴說完這一大串的話之後，奪門而出，砰一聲留下甩門的巨響，阿胖和娜娜兩個人面面相覷。

「嗯……阿胖，」娜娜遲疑了幾秒，「你知道當年眼鏡猴怎麼死的嗎？」

「我……怎麼會知道？」阿胖像是做錯事，漲紅了臉。「那你知道他的夙願是什麼嗎？」

「我也不知道。」娜娜也搖頭，苦笑。「我們好像都不太用功啊。」

「哼。」胖子哼了一聲。「只是在現在這個情況，眼鏡猴還鬧脾氣，真的太不像男人了啦。」

「唉。」娜娜沒有接話，只是嘆氣。

而一旁的法咖啡只能沉默不語，她看到眼前三位夥伴起了爭執，她腦海忍不住思緒飛騰，她何嘗不是有幾個要好的夥伴……

除了她青睞的夜王老大之外，還有老三約翰走路、老四錢鬼、老五Mr.唐。

他們五個人曾經一起站在一○一大樓的頂端，舉起手，迎著凜冽夜風，發誓要統一整個台北商圈。

如今，老大失蹤生死未卜，老五重傷昏迷，更慘的是……約翰走路和錢鬼兩人之中，有一個人是出賣兄弟的內鬼。

法咖啡嘆氣，像她這樣這樣的結義之情，比起眼前的台灣獵鬼小組，只有更不堪而已啊。

「老大，你到底在哪裡啊？」法咖啡忍不住仰望天空，那墨色的夜空中，沒有一顆星星能解答她的疑惑。「而老五他昏迷不醒，也沒有人能告訴我，在一〇一大樓上，到底發生了什麼事情，唉……」

就在法咖啡嘆息之際，忽然她感覺到腰間一陣震動。

「有訊息！」她伸手入腰袋，拿出手機，「是誰呢？」

當手機蓋子彈起，法咖啡臉上的瞬間表情一變。

「醒了！」法咖啡驚喜地說：「老五醒了！」

* * *

法咖啡匆匆和台灣獵鬼小組告別之後，搭上「小黃」（計程車的俗稱），急忙驅車前往安置Mr.唐的醫院。

她覺得內心一陣興奮和期待，老五終於醒了！

換句話說，夜王的祕密終於要解開了。

可是，就在法咖啡走到病房外頭的時候，剛才還興奮的心情，隨即被一陣毛骨悚然所取代……

病房，被人闖入了！

法咖啡安排的重重警衛，這些受過訓練的玩家們，此刻頸骨都被折斷，被人以最俐落的方式給暗殺。

是誰？

法咖啡感覺到自己的心臟撲通撲通地急跳著。

是誰闖入了這病房？

法咖啡推開門。

「老五……」法咖啡忍不住摀住了嘴巴，因為接下來映入她眼簾的畫面，讓她忍不住驚駭起來。

老五，竟然被殺了。點滴的管子圈上了老五的脖子，用力勒緊，阻斷了老五的呼吸，舌頭直吐，死狀極慘。

法咖啡顫抖，她撲通一聲跪在病床前，眼角是無法控制的一串淚珠。

「玩家死掉不應該變成道具嗎？」法咖啡發抖，「難道，老五，你到死都不肯變成道具？為什麼？你想要我替你報仇嗎？」

忽然，法咖啡像是發現了一件事，那件事來自Mr.唐露在棉被外面的手，手心泛紅，好像寫著什麼……？

法咖啡用力拉開棉被，映入她眼簾的，卻是一行字，也是Mr.唐臨死前決定不讓自己「道具化」的原因，他要在身體上留下線索……

線索是和夜王老大有關！

法咖啡瞬間眼睛大睜，一雙還帶淚水的睫毛急速顫動，分不清是驚怕還是驚喜。

到底，夜王去了哪裡呢？他又在等待什麼？

台灣獵鬼小組和血腥瑪麗的仇恨如何解決？吸血鬼女來到地獄遊戲又會帶來什麼影響？他們會碰面嗎？

貓女昏迷前，到底是誰來到她的面前？

織田信長接連受挫，少年H他會大勝這場戰役嗎？還是另外有變數？

一直蟄伏在高雄的曹操軍團，會漠視不理織田信長的慘敗嗎？

濕婆和伊希斯兩強對決，究竟誰會先獲得全部的神力，進而贏得地獄遊戲的勝利？

而，最後，來自地獄列車上的夥伴，他們將會在下一集全部到齊……

The End

敬請期待地獄系列第四部《地獄之夢》（暫名）

外篇《夥伴》

故事的開始，我先介紹我自己。

大家好，我曾經是第七任曼哈頓獵鬼小組組長，手下共有五個組員，分別是來自中國的鍾馗、長著翅膀的小飛俠、希臘神話裡面奪到金羊毛的傑森、一個很會殺狗的刺客荊軻，以及隊中唯一的女孩——座敷童。

你一定會想問，我究竟是誰？為什麼能統帥這麼多來自地獄的厲害角色？

我告訴你，我生前是王，我死後仍是王。

我是手持太陽劍的王者，我名字就叫做，亞瑟王。

以下的故事，是我記錄自我第三百二十六次的任務，這也是我最後一次的任務。人家說，獵鬼小組的最後一次任務總是特別危險，往往能讓一個百戰百勝的高手，飲恨送命。

歷年來，獵鬼小組的組長死了不少。但是，我對我自己親自培養出來的團隊頗有信心，因為我們是獵鬼小組史上最強的一隊。

隊友夠罩，所以我不會死。

等到這次任務完成了，我終於可以完成自己的夙願，這夙願說來好笑，我亞瑟王的要求很簡單，就是讓我生前的皇后，能脫離無限的地獄火折磨，讓她成為一個普通的靈魂，去投胎轉世。

我並不恨她，她只是一時被愛情沖昏了頭，被黑榜高手之一的蘭斯洛所迷惑，進而引發了數十萬條人命的戰禍。

這不是重點，重點是，這第三百二十六次的任務！

沒想到，這一次的任務，不但讓我卸下了獵鬼小組長的身分，更大大的改變了我未來數百年的命運。

人家說，最後一次的任務最危險，果然是真的！

「報告隊長，這是地獄總部寄過來的傳真。」座敷童飄浮在空中，把一張黑色的紙遞給了我。

看到黑色的紙，我禁不住皺了皺眉頭。

在地獄任務的委託單之中，各種顏色代表各種不同性質的任務。綠色是清掃邪靈，藍色是對付兇狠怪物，白色則是輕鬆愉快地救援迷失的靈魂，把他們帶回地獄。紅色，則是代表緊急事件，通常是全隊出動的時候。

而黑色呢？

黑色代表的是極機密任務，通常表示委託人的身分極度重要而隱密，像這樣的任務，不是特別困難，就是特別怪異。

黑色的委託單，打從我接下獵鬼小組組長以來，也只接過三次而已。最驚險的，莫過於接受希臘神話主神宙斯的委託，因為他偷藏的情婦被老婆赫拉發現，要我們把情婦給救出來。

這次，我看到了黑單的左下角，竟然簽了一個『Isis』，這可是埃及當家女神伊希斯！她曾以驚人的魔法，力抗當時的魔君賽特（Seth），締造了傳頌五千年的尼羅河傳說。

可是，越是高級的神明，委託任務往往越難纏。

想到這裡，我只能嘆氣，然後打開委託單。

裡面掉出了一個東西，卻讓我大吃一驚，因為這是一顆藍寶石雕成的甲蟲。

以我淺薄的知識，也可以認出這甲蟲寶石大有來歷！

它是伊希斯三聖器之一，聖甲蟲。

我把信紙完全攤開，上面還寫著幾個字，「獵鬼小組，請將這寶石送至紐約某家酒吧，一個叫做Htes的男孩手上。」

Htes？我感到納悶，這名字聽起來就很怪，不像是一個名字。

但是，既然地獄政府寄來了黑單，那表示這任務等級機密而且重要，身為隊長的我，必須完成它。

我只能祈禱，在最後一次任務，不要太麻煩才好。

可是，我只祈禱到一半，忽然發現自己不知道該向哪個神祈禱，畢竟，送我單子的人，自己就是一個神啊～

如果神都要拜託我，那我該拜託誰？

這案子，由我親自護送寶石，並由渾身都是肌肉的傑森陪伴我。

老實說，一開始我比較屬意鍾馗陪我，因為鍾馗無論是道術或是武學都是萬中選一。可是，偏偏鍾馗長了一副醜臉，去酒吧實在太容易驚嚇別人了，只好作罷。

附帶一提，為什麼曼哈頓獵鬼小組，總能找到全世界頂極的鬼怪神魔來助陣呢？

原因很簡單，因為曼哈頓獵鬼小組從成軍以來，就扮演著『獵鬼高手培育所』的重責大任，世界各地的高手加入曼哈頓之後，學會了我們的獵鬼技巧和團隊作戰，就會回到自己的家鄉去貢獻鄉里。

像是鍾馗這樣的好手，他來自中國，一身強橫的法術連我都佩服萬分，我們還約好以後要去中國遊山玩水。

雖然他老說自己有個很正的妹妹在中國，但是我們看到他那張醜臉，根本沒人相信這件事。

進了酒吧，除了傑森陪著我之外，荊軻則穿著一襲破爛的衣服，在酒吧門口裝乞丐，以便在必要的時候擔任外援，我必須說，荊軻真有裝乞丐的天分，不知道是不是因為他從小就殺狗的關係？

而酒吧的上空，則是小飛俠的守備範圍，他的戰力不算挺強，卻擁有獵鬼小組罕見的飛行能力，只要他開始在天空中翱翔，沒有獵物能逃過獵鬼小組的追蹤。

鍾馗和座敷童則是在遠處待命，他們倆雖然不同國籍，但是感情還蠻不錯的。

別看座敷童年紀小小，其實也三四百歲了，而且她擁有一身特殊的咒力，用緩慢的詛咒去擾亂敵人的戰鬥力，和我們這種明刀明槍和敵人對幹的大男人，有些不同。

關於這任務，我之所以會排出這麼大的陣仗，完全是因為這是一張『黑單』的關係。

我們永遠忘不掉上次為了搶救宙斯的情婦，差點被赫拉強大無敵的神力給追上，五個高手也差點變成五具枯骨。

這次是神格不下於赫拉的埃及女神Isis，恐怕不會輕鬆到哪裡去……

我走進了酒吧，一眼就看見了那個叫做Htes的男孩，他穿著運動薄外套，一張臉躲在外套的帽子裡頭，只露出一雙深邃的藍色眼珠。

我慢慢地走了過去，腦海開始假設各種情況，包括鄰近的酒客忽然對我發起攻擊，或是酒保忽然從櫃子底下掏出獵槍對著我……

結果，沒有，什麼都沒有……

我一直來到Htes的面前，然後把藍寶石甲蟲放在他的面前。

「你就是Htes？」我問，雖然從靈力的資料顯示，他的確就是本人，我還是必須確認一下。

「……」他沒有說話，只是抬起頭，躲藏在套頭帽子底下的眼睛，看了我一眼。

戰慄！

只是一眼，竟然就讓我全身戰慄。

我用力吸了一口氣，我可是擁有太陽祝福的亞瑟王，怎麼會這麼輕易地被對方眼神壓制？

「是『伊』叫你來的？」對方看了一眼甲蟲寶石。

「嗯。」我依然感覺全身發抖，禁不住握住了懷間的太陽劍，太陽劍是我全身力量的精華，它回應我的恐懼，發出一股溫和而強大的力量，力量化作涓涓細流，流遍我全身。

「伊，妳不希望我插手這件事嗎？」Htes笑了，帽子底下一排閃亮的白齒，像是一道半圓弧，在臉上綻開。「嘖嘖，連壓箱底的聖甲蟲都拿出來了，妳打算用聖甲蟲當抵押品嗎？」

「嗯。」而我則依然在抵抗對方身上湧出來的那一股驚濤駭浪般的力量，對方的力量和太陽劍的能量剛好相反，是來自深夜的魔力，深沉而巨大，宛如黑暗的汪洋，就要把我整個吞噬。

會有這樣力量的人，縱看神魔人三界，屈指可數。

「可是，這件事我挺感興趣的呢。」Htes微笑：「既然如此，伊，我們來玩一個賭注吧。」

「咦？」我一呆，這個Htes在說什麼？

「伊，妳刻意派來獵鬼小組，是想將這件事單純化。」Htes說：「妳派來了擁有太陽力量的使者，那我也找一個屬於黑暗的老友，讓他們鬥上幾場，如果妳贏了，我答應退出這件事，如果我贏了，抱歉，這件事我就管定了。」

我看著Htes，忽然間，我腦海中的記憶開始慢慢組合起來。

能發出這麼純粹而強大的黑夜力量，又能把尊貴的Isis女神稱呼為『伊』這樣親暱，這人的身分應該是呼之欲出了！

「你叫亞瑟對吧？」Htes的眼珠轉向我。「呵呵，我想好好稱讚你，我不斷用黑暗力量去攻擊你，你竟然還挺得住，看看你旁邊的夥伴吧。」

我一呆，轉頭，我看到了陪我一起的傑森。

不知道什麼時候，他已經倒在地上，臉色鐵青，剩下半條命了。

「我暫時不收這伊的聖甲蟲。」Htes起身，拍了拍我的肩膀。

「咦？」我一愣。

「這是一場賭注，如果你能把它平安交到我手上，我就接受伊的邀請。」

「什麼？」我驚訝，這Htes怎麼那麼龜毛？還有，他所說的賭注是怎麼回事？

「呵呵，我想你大概猜到我的身分了。」Htes喝了一口飲料。「如果伊希斯是埃及的光明女神，我就是掌管埃及的黑夜之神。」

「啊，你是……」我腦海中瞬間想起一個人名，一個曾和Isis交戰的神祇，不但逼得Isis節節敗退，這個人甚至把Isis的老公歐西里斯給支解了……

Htes？啊！我這笨蛋，我怎麼沒有想到這四個英文字母的順序……

「是的，聰明的傢伙。」Htes笑著說：「把我的名字倒過來，你就會知道我的本名了。」

Htes！

倒過來，就是Seth……賽特！

我狠狠抽了一口涼氣，這個人就是唯一能把伊希斯逼到絕境，兼具殘暴、狂妄、複雜，掌管深沉無盡的黑夜的埃及古神——賽特。

而且，他還是黑榜上沉寂已久的大角色……梅花A！

賽特（Seth），是埃及神祇中最有名的武力和狂暴之神，他掌握了埃及的黑夜，黑暗中蠢蠢欲動的鬼魂，都是他的大軍。

他的形象是鱷魚頭人身，或是豺頭人身，當年他為了保護創世的太陽神——拉（Ra），和黑暗之蛇阿匹卜戰鬥，後來這條蛇成為了賽特的守護蛇。

而這位伊希斯（Isis），在埃及被奉為最尊貴的魔法女神，她一身浩瀚的魔力來自父親拉，雖然有些傳說指出，伊希斯強取了拉的魔法，促成了埃及神廷的世代交替。

而賽特和伊希斯的關係，則被完整記錄在尼羅河傳說中，當年賽特愛上伊希斯，於是殺了伊希斯的丈夫歐西里斯，而且賽特怕伊希斯魔法太強，能夠讓死者復生，還把歐西里斯的屍體分割成碎片，丟到埃及各地。

沒想到伊希斯的感情堅貞，踏上了尋找丈夫屍骨的旅程。旅途中，她遇到了掌管冥河的阿努比斯，在阿努比斯的協助下，伊希斯手下的兵馬越來越壯大，與賽特連番鬥智鬥力。

最後，伊希斯終於找回了歐西里斯所有的骸骨，更擊潰了賽特的大軍，重新登上埃及的主神地位。

但是，就算賽特被擊潰，他一身無敵的戰鬥力量仍然受全埃及人民敬畏，賽特從此遁入夜晚，成為黑夜的帝王。

其實，若不論神話，而單純以『文化演變』來說，其實埃及眾神的故事，只是代表了埃及國家信仰的轉變而已。

舉例來說，賽特是受到巴巴里人（Berber）所崇拜的神祇，在巴巴里人的眼中，賽特英勇而正直，是守護沙漠旅人的冒險之神。後來該種族被信仰伊希斯的種族征服之後，賽特卻從善神變成了惡神。

對埃及人來說，同化一個民族最快的方式，就是同化他們的神。

多元的埃及神話於是孕育而生。

埃及神話是同時具有包容性與排他性的矛盾神話，裡面的善惡之神，往往只是代表人民信仰的強弱，越是強大的神祇，表示信仰祂的人民越強大。

賽特的真實身分，其實在地獄中相當隱密，因為祂的名氣並不像其他三個黑榜魔神，這樣的響亮。

黑榜的黑桃A蚩尤，當年和黃帝軒轅激戰萬里沙場，一身魔神之力足以撼動整個地獄，是諸魔之首。

黑榜第二紅心A是印度破壞神濕婆，擁有光明和黑暗兩種特質的祂，能破壞也能創造，更是印度婆羅門教中令人生畏的主神。

黑榜中的第三鑽石A，是基督教體系的大魔神撒旦，他叛出上帝，違背教條，力量強大卻個性瀟灑，他的行蹤無定卻最常被人提起。

而梅花A，賽特。的確很少人知道，因為他不但受到黑榜通緝，一方面又替人間和地獄掌管黑夜。但是他的力量強橫，早在五千年前就得到證明，他能夠殺歐西里斯，逼退伊希斯，雖然最後落敗，卻不掩他的霸者本色。

如今，我亞瑟王竟然和這個傳說中的魔神賽特面對面？

而且，他還替我找了一個賭局。

賭博的籌碼是『伊希斯的那件事』，而讓我心中極度不爽的是，我們這群為地獄鞠躬盡瘁的獵鬼小組，竟成為他們的賭注。

賽特會派出什麼樣的高手呢？

什麼樣的高手是潛伏在黑夜裡面的呢？

這個答案並不難猜，因為當我帶著聖甲蟲寶石走出了酒吧，那個受賽特委託的黑夜老友，就出現在我們的面前了。

原來，是他們。

在我接下獵鬼小組的時候，前任隊長曾經交代我，有幾個麻煩種族，能不碰就別碰，像是具有野獸蠻力的狼人，帶有詛咒會傳染的木乃伊，其中，最麻煩的卻是有腦袋又有戰術的……吸血鬼。

沒想到，這一次，我還真的碰到了。

而且，還是吸血鬼中最麻煩的一個人物！

剛步出酒吧，我攙扶著還意識不清的傑森，忽然感覺到一陣強烈的殺意從我頭頂而來。

我抬頭，一張臉，浮在空中，正對著我笑著……

「寶石給我！」對方邪笑，伸出比電光還快的爪子，抓向我的手心。

「做夢！」我不怒反笑，揮拳迎向這隻吸血鬼，另一手則握向腰間的太陽劍。

這隻吸血鬼顯然畏懼著太陽劍的力量，身體一縮，躲出了我的攻擊範圍。

「你們這群吸血鬼，要從老子身上拿到寶石，再等一百年吧……咦？」我發出一聲困惑的低呼，因為旁邊有一隻手抓住了寶石。

這隻手，來得悄然無聲，重點是，手的主人竟然就在我的旁邊。

「傑森！」我大驚。「你！？」

「傑森？誰是傑森？」那個『傑森』奸笑起來，「亞瑟王你是陽光照太久，被照瞎了嗎？」

「可惡！」這瞬間，我立刻明白，傑森在剛才的酒吧中就被掉包了。「把聖甲蟲留下來！」

「哈哈哈。」『傑森』往後一跳，身體靈活的像隻大蝙蝠。「你想得美！」

「我想得美嗎？」我看著這個吸血鬼，我心頭的確怒了。

我抽出太陽劍，劍身回應著我的怒氣，發出燦爛無比的陽光，照亮整條夜晚的曼哈頓街道。

「吸血鬼族，聽好。」我聲音低沉，卻是殺氣騰騰。「我與你們無冤無仇，若是你們強插手此事，我亞瑟王保證，用我的太陽劍，天涯海角，都要把你們抓出來，一一斬殺！」

「嗯。」那個『傑森』看到由我怒氣凝聚而成的陽光，顯然十分害怕，手上抓著聖甲蟲寶石，身體微抖，猶豫著該不該逃。

沒錯，就是這樣，讓我來掌握局勢，乖乖把聖甲蟲還給我吧！

可是，就在我勝券在握的時候，有一個人忽然出現了，他只是輕輕用手按住『傑森』的肩膀，傑森立刻就不抖了。

這個人，能夠讓吸血鬼不再畏懼我的陽光？

我睜眼一瞧，看見對方穿著一襲黑色的披風，頭髮灰白，約莫五十歲的年紀。

令我訝異的是，以我此刻的靈力修為，竟然完全沒有察覺這位老者的出現！

這位老者，肯定是一個勁敵。

「亞瑟王何必動怒呢。」那老者聲音溫文儒雅，一派貴族的風範。「我們不過受賽特的請託，來跟你們賭一場，不比生死，只比輸贏，如何？」

「你是誰？」我皺起眉頭，這位老者絕非等閒之輩，吸血鬼之中，還有哪一個高手具有這樣的氣度？

「在下是誰，以亞瑟王之能，還猜不出來嗎……？」老者微笑，微微欠身。

這世界上任何一個聽過吸血鬼的人，肯定聽過這一號人物。

『德古拉伯爵』。

因為他不只是一隻吸血鬼，還是所有吸血鬼的始祖，在我還擔任獵鬼小組組長的年代裡，地獄聖佛還沒有清剿吸血鬼，那時正是吸血鬼族在地獄如日中天的時刻。

而這位德古拉，更是這股勢力的領袖。

我沒想到，會在這裡碰到吸血鬼的王，德古拉伯爵。

「賭注？怎麼賭？」我收起長劍，冷然地看著德古拉。

「我們各派出五個人，誰先拿到三勝，那邊就是聖甲蟲的主人。」

我看著德古拉，他細長而威嚴的眼睛，露出慈祥的魅力，很難讓人聯想到，他是名震地獄的絕代魔王。

我心中暗想，這建議雖然凶險，卻是目前最好的建議。畢竟如果德古拉帶著聖甲蟲逃走，短時間要追上他，簡直比登天還難。

「嗯，你能保證真的是點到為止？」我說：「無論如何，我都不想夥伴有任何的傷亡……」

「放心吧，我跟你一樣。」德古拉微笑地說：「我也是很愛惜我的手下的。」

「好，五個人，誰先贏滿三場，誰就獲得聖甲蟲。」我笑。「那什麼時候開始？」

「當然是，」德古拉看著我。「現在！」

就在德古拉這聲「現在」響起的同時，他把手往前一揮，手上的那顆聖甲蟲，頓時化作一顆純藍的流星，拋向遠方。

遠處，一隻身手俐落的吸血鬼，翅膀咻一聲張開，以超越肉眼的速度彈高，接下這顆聖甲蟲。

我見狀，提氣大喝，「小飛俠！」

「領命！」空中響起一聲清脆的男音，一個綠色的影子如子彈般飛了出去。

小飛俠的飛行速度有多快？他快到連聲音都追不上。

因為等到我聽到了這聲「領命」，我已經看見小飛俠的綠色身影，糾纏上了吸血鬼的黑影。

「空中飛行速度之戰嗎？」德古拉微笑，「那容我跟你介紹一下，我們這位是吸血鬼B族的飛行戰士，他有一雙天賦異稟的翅膀，加上他的勤練不斷，他的綽號就是⋯⋯

……飛行武僧！」

聽完德古拉的解釋，我還沒來得及驚嘆。

我就看見了遠方黑色的吸血鬼速度果然提升了，武僧衝刺，在空中猶如一條黑線，再度甩開綠影。

可是，綠影身體優美地游動兩下，又逼近了黑影。

而兩者似乎都很有默契，不願意飛太遠，他們在曼哈頓的樓層間穿梭飛行，不久又繞了回來，依然是一前一後互相追逐著。

小飛俠的飛行方式像一條靈巧的魚，以流線型優美的姿態，在空中游動，每一次扭腰擺頭，就是一段驚人的衝刺。

而飛行武僧卻和小飛俠截然不同，他像是一把從獵槍中激射而出的子彈，銳利、快速、兇狠，同時又能在危急時刻，以驚人的姿勢緊急迴轉。

空中這兩個人，化作一綠一黑的影子，在曼哈頓的高樓叢林中急速穿梭著，一會兒清晰，一會又縮得像是小點，然後在下一秒，兩人又以急速衝刺的方式，來到眾人的面前。

所有的人屏氣凝息，看著這精彩絕倫的空中對決，這已經不是我們可以碰觸的速度領域，箇中甘苦，只有兩人自己知道。

忽然，所有人發現，小飛俠越來越逼近飛行武僧了。

為什麼呢？因為整個戰場進入了曼哈頓的地下街道，那是佈滿了招牌和雜物的小巷，對靈巧的小飛俠來說，這裡才是他能盡情發揮的舞台。

反觀飛行武僧吸血鬼，則為了閃躲眼前的障礙物，越來越慢！

「好啊！」我大聲歡呼。「小飛俠，你這招漂亮！把他逼入了小巷！」

小飛俠嘴角露出微笑，論飛行還有誰比他更拿手？因為他的飛行不只是單純的振動翅膀，更重要的是他是用『腦袋』飛行，他懂得運用戰術！

砰！砰！飛行武僧的頭在連續撞了兩個木質招牌之後，速度終於減慢下來了。

「到手了！」小飛俠大笑，飛到了飛行武僧的正上方。

此刻，首次出現了兩人平行而飛的精彩畫面。

小飛俠得意地笑著，手往下一撈，就要撈走這塊藍色的聖甲蟲。

但是，這一瞬間。

「小心！小飛俠！」我大喊。

一片血光在空中倏然濺開，小飛俠低哼一聲，整個人像是彈簧一樣猛然彈開，撞入了旁邊的牆壁中。

「小飛俠！」我方所有的人都站了起來，發出大吼。

半塌的牆壁中，有個人伸出一隻手，抓住牆垣，慢慢站了起來。

那個人，正是受傷的小飛俠。

飛行武僧收起翅膀，緩緩落地，離開了高速飛行的狀態，才讓人看清楚他的模樣，他沒有一根頭髮，光頭上是六道香疤，身材不高卻肌肉結實，一看就知道是苦練之後的練家子。

飛行武僧看著小飛俠，「還打嗎？」

小飛俠搖了搖頭。

「論飛行能力，我們可以稱得上是不相上下，但是……」小飛俠摸了摸自己肩膀的傷口。「但是論打架，我打不贏你，你剛才的拳力好驚人，你練武嗎？」

「嗯，我在成為吸血鬼之前，是在少林寺修行的僧者。」飛行武僧往前伸出手。「很高興和你交手。」

「我也是。」小飛俠一笑，兩人握住了彼此的手。

然後，飛行武僧轉身，猛力把手上的聖甲蟲寶石給拋了出去。

「下一個！」

小飛俠敗了第一場，我雖然惋惜，可是看到飛行武僧這種身手，其實也沒有什麼好多說的，因為對方的確是贏得光明正大。

地獄戰役

更何況，我們團隊中還有五個人。

在我的規劃中，座敷童不適合戰鬥，除了我之外，那就是小飛俠、傑森、荊軻，以及本隊壓箱底的高手——鍾馗，五人輪番上陣。

第二場，寶石落到了一個高大的吸血鬼的手上。

他身形非常巨大，大概是正常成年人的兩倍，肌肉壯碩到快要把衣服撐破，他緩緩朝我們走了過來。

「這位是吸血E族的戰士，我特別提醒一下，在我吸血鬼族中，E族特別喜愛戰鬥，所以，他一身肌肉可不是開玩笑的，如果沒把握能捱住他的拳頭，不要輕易嘗試。」德古拉微笑地介紹。「他的名字，叫做混血。」

「肌肉男嗎？」我轉頭，看著我們自己的夥伴。

所有的人幾乎想都沒想，一起看向傑森。

傑森出自希臘神話中尋找金羊毛的傳說，希臘勇士什麼沒有，就是一身鐵打的體魄和壯碩的肌肉而已。

「我來。」傑森把自己的手指頭關節弄得咯咯亂響，並且轉了轉脖子。

「很好。」我微笑。「傑森，你剛才被黑暗之氣傷害，確定復原了嗎？」

「恢復了，亞瑟王老大。」傑森露出憤怒的表情。「竟敢拿我的帥臉招搖撞騙？吸血鬼混蛋們，我絕對饒不了你們！」

傑森走向前，才剛站穩，混血就把拳頭揮了過來。

混血的拳頭大得不成比例，更可怕的是，他這一拳揮出，竟然連我和其他的隊友都感覺到一陣強烈的風壓。

聽說有人能用風壓殺人？果然是真的！

混血的拳頭很猛，可惜，他遇到了同樣是近身肉搏的愛好者——傑森！

傑森大吼一聲，挺起胸膛，硬是受了這一拳。

「砰！」

傑森和混血同時露出訝異的表情。

「好拳！」傑森嘴角溢出鮮血，臉上卻盡是興奮的表情。

「好……體……魄！」混血伸出舌頭舔了舔嘴唇，興奮之情，溢於言表。

「看來，會是一場過癮的戰鬥啦！」傑森狂笑，也是一拳揮出，狠狠擊中混血的胸膛。

「碰！」

兩人都是一晃，卻都沒有倒下。

接著，雙方同時用身體撲向對方，「崩！」只聽到一聲沉悶的肌肉撞擊聲，讓旁觀者的心頭都是一陣麻。

傑森和混血兩人兩手同時架住對方，構成角力的姿勢。

忽然傑森把混血往後一推，左拳揮出，這左拳和剛才的拳頭截然不同，像是一把銳利的銀色飛刀，一閃而過，刺向混血。

混血頭一偏，拳頭擦過臉頰，就是一劃清晰血紋。

「左刺拳？」混血臉色微變，「原來你擅長『拳擊』？」

「沒錯。」傑森微笑，雙手做出拳擊的姿態，而雙腳在地上輕盈地跑著，「嘿，我的左刺拳美味嗎？」

「這樣的話，」混血一笑，忽然整個人撲了過來，傑森沒意料到，被混血抓住了手臂，然後傑森只覺得自己一陣天旋地轉，竟然整個凌空飛起。「嚐嚐……這招過肩摔吧！」

這一秒，傑森只覺得頭重腳輕，就要被混血整個人摔落在地上，傑森在千鈞一髮之際，揮拳往地上一打。

利用拳擊落在地上的反作用力，抵消了來自混血的衝力，砰的一聲，兩人退了一步，混血沒摔成傑森，傑森也沒擊中混血。

「過肩摔？！」傑森這拳打得驚險，只覺得自己背上冷汗涔涔，「柔道？！」

「沒錯……」混血冷笑。

「拳擊怎麼會輸給柔道？」傑森一怒，往前跨了一步，左手刺拳再出，連續三拳化成三道激烈閃光，扎向混血。

「以柔克剛！」混血看準傑森的左手，抱住手臂，扭腰，又是一記過肩摔。

可是，這次傑森卻早有防備，左拳倏然收回，躲開了混血的手臂。同時，傑森的右拳跟著揮出，在空中，畫出一個暴力卻華麗的半弧。

半弧的終點，正是傑森的太陽穴。

「反擊右勾拳！」反擊右勾拳在拳擊比賽中，被比喻成致命的毒牙，對攻擊者和被攻擊者來說，都是一場危險的賭注。

因為其揮拳路徑太長，很容易遭到敵人反擊，但是，如果這毒牙插入了敵人的咽喉，常常是比賽結束鐘聲敲響的時候。

「吼！」混血知道來不及閃躲，只能選擇舉起手來阻擋，傑森如雷的右拳轟入了混血的左手中。

「卡啦！」清脆的聲音響起。

混血左手折斷。

傑森一笑，收拳。

混血看著自己被折斷的左手，愕然，久久不能言語。

「知道拳擊的厲害了吧？」傑森得意。「拳擊是源自於歐洲的運動，這才是世界格鬥的王道啊。」

「嗯。」混血看著自己的手，表情慢慢變了。從本來溫厚的表情，五官擰在一起，雙眼透出狠戾的紅光。

「嗯？」傑森看著混血，吞了一口口水，而且更恐怖的是，傑森發現自己，竟然不自覺地退了一步。

什麼樣的情況，會讓野獸主動退後，只有遇到另一隻更強更兇猛的野獸的時候！

傑森發出驚叫，因為他還沒作好任何準備，混血巨大的影子，就已經完全籠罩了過來。

柔道。

是日本的主流格鬥技之一，格鬥時，通常穿著棉質的白色柔道服，比賽雙方藉由拉扯對方的衣領，摔倒對方。

只要一方的背脊碰到地面，比賽就宣告結束。

因為柔道的比賽場地都在柔軟的塌塌米上，而且柔道很重視保護自己的『受身技』，加上規則嚴明，使得柔道成為老少皆宜的全民運動。

也因為這樣，其他格鬥技都認為柔道太軟、太溫和，脫離了人類渴望殺戮的本能。

但，也許他們從未想過，柔道之所以要如此慎重的保護參賽者，並不是它本身太軟弱，而是剛好相反，因為它本身太過……危險。

因為危險，所以才要保護！

所以柔道可以是最殘暴的運動，只要它願意！

可惜的是，關於這個道理，傑森領悟得太慢。

混血撲向傑森，使出一招『大外割』，右手勾住傑森的脖子，然後右腳往傑森的腳用力一勾，「卡！」傑森的腿關節就被這樣混血踢斷！

「啊～～～」傑森發出淒厲慘號，混血一點都沒有停止攻擊的跡象，他抬起自己的膝蓋，對著傑森的臉撞了下去。

傑森只覺得混血的力量大得異常，極不尋常，混血好像不再是優雅的吸血鬼……而是殘暴的狼人！

狼人？怎麼會像是狼人！

可是，傑森已經沒有多餘的時間再想了，因為他看見混血的膝蓋，離自己的臉越來越近……越來越近……

在下一秒，混血堅硬的膝蓋，就會搗入自己的鼻子，壓爛自己得意的帥臉，最後，自己的腦漿就會從耳朵和嘴巴給擠出來……

想到這裡，極度驚恐的傑森，眼睛翻白，失去了意識……

等到傑森清醒的時候，第三場比試的人，已經站在比武場上了……

傑森摸了摸自己的臉，依然健在的英挺面容，表示被混血的膝蓋並沒有擊中自己的臉。

究竟是混血手下留情？還是……

傑森抬頭，卻看見鍾馗正站在自己的旁邊，那支不輕易出鞘的判官筆，正握在手上。

而且，判官筆上，竟然滴著鮮血。

「剛剛鍾馗出手了？」

更令傑森吃驚的還在後面，判官筆上的血，竟然是從鍾馗的手臂上流下來的……是鍾馗的血？

連這麼厲害的鍾馗，也會被敵人所傷？

「是你救了我嗎？鍾馗先生。」傑森聲音惶恐，對於鍾馗，傑森可以說是又敬又怕，「謝謝你，只是……沒想到害你被混血所傷。」

「我的傷，不是混血那肉腳幹的。」鍾馗沒有看傑森，一雙銅鈴般的大眼，狠狠瞪著前方的敵人們。「他要傷我，等個三千年吧。」

「那是誰？」傑森微驚，剛剛自己失神的一瞬間，到底發生了什麼事？

「我出手救你，對方也出手救混血，我和對方一個不小心擦到的。」

「不小心擦到？」傑森張大了嘴巴。在他記憶中，鍾馗就算和大卡車對撞，粉身碎骨的肯定是卡車。

沒想到……對方竟然在一個擦身的瞬間，就讓鍾馗見血？

「哼。」鍾馗嘴角揚起，大眼直瞪著敵營的某人。「放心，我等一下會跟他算帳的。」

而且，被鍾馗所瞪的那個人，其實一點也不起眼，他站在德古拉的身後，一身旅行的簡單裝扮，看起來像是一個鄰家大男孩。

他的眼睛也看著鍾馗，而他的手心，卻也有著斑斑血跡……是被鍾馗判官筆掃過的痕跡。

傑森點頭，問道：「嗯，那，混血呢？」

「他沒事，你運氣不好，混血這傢伙原本是一頭狼人，因為被吸血鬼咬到，所以擁有不像吸血鬼的怪力，你敗得並不可恥。」

「嗯……我輸了嗎？」傑森嘆了一口氣，抬頭看著前方。「對不起，亞瑟王老大，我又浪費了一場。」

我搖頭。「沒關係，要對我們自己有信心。」

就在我們討論之際，敵方第三場比試的吸血鬼選手，已經拿著聖甲蟲，來到街道的中央。

比試進行到了第三場，我方已經連輸了兩場，在飛行競技上，小飛俠敗給了吸血鬼武僧。

而單純的格鬥技上，英雄傑森則吞下了一敗，混血不愧是混血，同時擁有狼人和吸血鬼的特性，使他威力倍增。

如今，聖甲蟲到了第三個吸血鬼手上，他穿著一襲剪裁合宜的黑色燕尾服，舉止優雅，特別讓人注意的是，他背上的一個藍色小提琴盒。

「這位是我們第三位參賽者，吸血鬼A族，比起僧侶的B族，熱愛戰鬥的E族，以及崇尚科學的B族，吸血鬼A族的特性是鍾情於藝術，舉凡繪畫、音樂、舞蹈，A族無一不愛。」德古拉介紹著，「而我這位手下，更是A族中的佼佼者。」

「你好，我是A族的吸血鬼族。」這位吸血鬼蒼白而消瘦的面容之中，有一絲不馴的狂野。「我的名字叫做……貝多芬。」

「貝多芬？」我點頭。在當時，我並不知道貝多芬未來會成為流芳百世的音樂家，只覺得這人的舉止動作，有一種說不上來的感覺。

那是一種危險的感覺。

「亞瑟老大，讓我來。」在我的背後，響起了一個沉穩的聲音。

我不用回頭，也知道本隊僅次於我和鍾馗的第三把交椅，要出手了

刺客——荊軻。

「你好。」荊軻慢慢走到了貝多芬的面前，嚴肅剛毅的臉上，沒有一絲表情。「我是荊軻。」

貝多芬冷冷地看著眼前的這個人，只見荊軻穿著一襲破爛的乞丐服裝，背上扛著一筒草蓆，草蓆中露出一把長劍的劍柄。

這把長劍，差一點就砍下秦王嬴政的頭，改變中國三千年的歷史。

「荊軻？」貝多芬臉上溢出輕蔑的笑容。「你懂音樂嗎？」

「不懂。」荊軻表情剛冷。「我只懂，殺狗。」

「唉。凡夫俗子！」貝多芬用手指撥開額前的長髮，猛然一嘆。「我怎麼會遇到這樣的對手呢？」

說完，貝多芬脫下了背上的小提琴盒，拿出裡面精緻的紅色小提琴。

「這是我的寶貝，叫做阿瑪提斯。」貝多芬看著荊軻。「既然你不懂音樂，你就絕對逃不過的音符攻擊，我給你一個好死吧。」

荊軻依然面無表情。

而貝多芬則是閉上眼睛，右手輕抬，拉動小提琴弦，一首《給愛麗絲》，輕盈的音符就這樣飄揚了出來。

我必須承認，貝多芬的外表雖然狂野，手下的音符卻美妙得讓人陶醉，這首《給愛麗絲》的音樂一起，原本肅殺的夜晚，瞬時變成了溫暖的陽光午後，一個女孩手裡提著野餐的籃子，在我們眼前輕柔地跳舞著。

「好音樂。」我讚嘆。

可是，我才讚嘆完，立刻發現了情況不對。

因為眼前的荊軻，表情微微變了。

原本站立如泰山之重的荊軻，雙手握得好緊。

而且荊軻身上的皮膚竟然浮起了一根又一根的血管，血管隨著《給愛麗絲》的音符起起伏伏，看起來實在可怕。

「這音樂中，包含著強大的靈力攻擊？」我內心驚嘆，和鍾馗對看了一眼。

鍾馗搖了搖頭，說道：「這貝多芬還算可以，可惜我那漂亮的妹妹沒來，不然她也是琴棋書畫樣樣皆通，我妹超正的，亞瑟王你知道嗎？」

我嘆氣，鍾馗又提起了老話題，聽說他在中國當鬼王的時候，曾為了妹妹的婚事發動『百鬼夜行』。

不過看鍾馗那張「連鬼都會怕的醜臉」，說她妹有多正，我死都不相信。

而另一頭，只見荊軻表情依然剛毅，只是手臂上、大腿上，甚至是臉上，一根一根密密麻麻的血管，從肌膚底下浮了出來，血管隨著優雅音樂來回浮動，畫面怪異而駭人。

荊軻依然沒有吭聲。

甚至連劍都沒有拿出來，只是凝目瞪著貝多芬。

如果不是我與荊軻共事多年，我一定會以為荊軻被這音樂給嚇傻了。

但是，我知道荊軻不是，他在等，對一個真正的殺手來說，等待是一種必然，也是一種殺人哲學。

終於《給愛麗絲》演奏到了第二遍，貝多芬冷笑。「第二遍，這次就讓你血管爆裂而亡！」

忽然，荊軻眼睛如銅鈴般睜大。

緊接著一聲，提氣大吼，「喝！」

這聲大吼來得恰到好處，竟然剛好插入貝多芬《給愛麗絲》的樂曲當中，完美的樂曲被這聲大吼硬是破壞，竟然整個崩解。

這一吼，像是在綿密無盡的流水中插入一把銳利的長劍，長劍無論是落下的時機和位置，都恰到好處，硬生生破了流水的水勢。

貝多芬身體一震，手上的小提琴差點脫手。

「你！」貝多芬大驚。「你竟然能破我的音樂？」

荊軻依然面無表情，臉上的血管也緩緩消失。

「好，好，好。」貝多芬收起了輕蔑的心情，表情轉為嚴肅。「看來我是低估你了。」

貝多芬重新把小提琴架在脖子上，說道：「《給愛麗絲》是我所有樂曲中，威力最弱的，我的交響曲中，最得意的共有九大交響曲，分別是《給愛麗絲》、《田園》、《命運》、《英雄》、《月光》等等……現在讓你聽聽，真正具有殺傷力的交響曲——《命運》！」

「命運」這兩個字剛落，貝多芬手也同時拉起了小提琴的弓。

《命運》交響曲一開始，就是四個「Mi Mi Mi Do—」音符組成，氣勢強悍，象徵著『命運在敲門！』

這四個音符簡單，力量反而更純粹，加上貝多芬的靈力修為，更是如同四顆劇烈的炸彈，剎那間爆炸！

荊軻只聽了其中一個音符，忽然覺得心臟猛然一跳，心肌幾乎要炸開。

原本沉著的他，知道這波攻擊非同小可，他往後一躍，同時伸手往後，握住草蓆包著的長劍。

「喝！」荊軻再度發出大吼，試圖抵消貝多芬這首《命運》傳來的死神敲門聲。

可是，沒用。

荊軻仰頭，嘴角爆出鮮血。

「《命運》，豈是這麼容易破解？」貝多芬長笑。

荊軻閉緊嘴巴，身體緊急旋轉起來，這一旋轉，把荊軻帶上了空中，同時他背上那把長劍，也被抽了出來。

這長劍，不像傳統的長劍，帶有亮麗的銀光。它的劍身由玄鐵鑄成，透著古樸的黑色，沒有劍鋒。

如此鈍劍，卻是中國十大名劍之一——湛盧劍。

相傳，湛盧劍是春秋鑄劍師歐冶子的封山之劍，鑄完此劍，歐冶子撫劍落淚，他畢生追求的劍道，盡在此劍。

因為此劍無鋒，正象徵著一把仁愛之劍。

正所謂「君有道，劍在側，國興旺。君無道，劍飛棄，國破敗。五金之英，太陽之精，出之有神，服之有威。」，就是此劍的精神所在。

荊軻死後，歸於地獄政府所管，他生平的願望，就是得到一把好劍，地獄政府毫不吝惜給了他這把神劍。

『湛瀘』出鞘，天地又有何懼？

荊軻握住湛瀘，在空中，以一個美妙的姿勢，劈向貝多芬的致命《命運》音符。

「噹！」

湛瀘劍和無形的音符對撞，竟然發出一聲震人心魄的清脆響聲，震得我們所有的觀眾都差點魂魄離體。

貝多芬見到自己的音符，竟然被有形的湛瀘劍所攔截，臉上的表情閃過一絲驚訝，但是訝異之餘，難掩一絲雀躍。

他身形一動，手上的弓再來回拉動，《命運》交響曲後面的音符，奏出一首壯闊的生命之歌，翻天倒海的湧向荊軻。

「好！」不愛說話的荊軻，終於開口了，他臉上的表情也是驚訝和興奮交錯，竟然和貝多芬一模一樣。

湛瀘劍再出，如同一道黑氣，直搗入《命運》交響曲的核心。

「錚！」

黑氣如同剛才荊軻的大吼，又在關鍵之處，破了貝多芬這首交響曲，貝多芬往後一仰，鮮血急噴，手上小提琴的四根琴弦，更是同時繃斷，銀絲亂舞。

貝多芬連退了三步，才勉強站穩自己的身形。

然後，他目不轉睛看著荊軻。

同時，荊軻也是目不轉睛地看著貝多芬。

「劍好。」貝多芬露出微笑。「劍法更好。」

「樂器好。」而荊軻也露出相同的微笑，惺惺相惜。「而音樂更好。」

「過獎。」貝多芬笑著說。「我沒想到，您竟然是我音樂的知音，看您招招識破我音樂中的玄機，出手的時機恰到好處，我真是又慚愧又感動。」

「您過獎了。」荊軻難掩興奮之情，話也多了起來。「我畢生追求劍道，追求仁者之道，沒想到，會在您的音樂中，找到了相同的執著。」

沒想到，貝多芬和荊軻，一個音樂家，一個殺手，一個是出入宮廷名垂千古的貴族，一個殺狗維生英勇刺秦的戰士，竟然是彼此生平罕見的知音。

「呵呵，生平第一樂事，仍是遇見知音。」貝多芬大笑，「讓我再演奏一曲，替這場比試劃上句點。」

「請。」荊軻手一攤。

貝多芬微微一笑，將手上小提琴的琴弦接上，拉上弓，一曲氣勢磅礡的樂曲，悠揚地傳了出來。

荊軻雄偉的身軀，聽著這首曲子，從頭到尾連動都沒動。

直到貝多芬拉完了最後一個音節，收起了弓，對荊軻深深一鞠躬。

卻看見荊軻如鐵石的眼睛裡面，竟然含有一滴閃爍著水光的淚。

荊軻問道：「這首曲子，叫什麼名字？」

「正是《英雄》交響曲。」貝多芬說。「贈給你，我的朋友。」

「嗯，多謝。」荊軻微笑。「可惜，我手邊無筑，我也非善奏筑之人，不然也該回贈一曲。」

「呵呵，」貝多芬笑了起來。「這場比試，你贏得漂亮，我的音樂破不了你的湛瀘劍，我敗了。」

「嗯。」荊軻搖頭。「你剛說你的交響曲有九首，《給愛麗絲》輕盈，《命運》氣勢磅礴，《英雄》又讓人振奮，這些曲子繼續往後推演，你必有一招極限之作，非喜非怒非狂，簡單卻無任何破綻，套句劍術的說法，就是『完美一劍』，是嗎？我的朋友。」

「哈哈，是的。」貝多芬點頭。「只是我們約好是點到為止，又不是生死相搏，我這招可不想傷害我的朋友，下次若有機會，我們找個舒適的地方，再來切磋切磋吧。」

「哈哈，好，就這麼約定了。」荊軻微笑。「只是好奇，那首曲子叫什麼名？」

「它的名字，」貝多芬微笑。「就是《月光》交響曲。」

「月光，月光……」荊軻沉思了半晌。「好美的名字，原來如此，期待下次能親眼見識這招了。」

我看見荊軻和貝多芬兩人英雄惜英雄，也不禁有些感動。

而貝多芬自認輸了這一場，我方和吸血鬼現在的戰績比拉高到一勝二負。

而且接下來，我卻一點都不擔心，因為下一個出場的高手，是本隊的超級菁英——鍾馗！

鍾馗，他死得夠冤，因為他曾經中了科舉制度的狀元，沒想到在皇帝欽點的時候，卻嫌他太醜，要撤他的功名。

士可殺，不可辱。

義無反顧的鍾馗，就在皇帝殿堂上，對著旁邊九爪金龍柱，一頭撞死。

他入了地獄，憑著一身鐵膽加上文武全才，被地獄政府封為『鬼王』。

地獄之中，多的是肚子破掉腸子亂流的鬼，多的是頭顱破一半嘴巴張開會流腦漿的鬼，鍾馗這副尊容，不算稀奇。

關於鍾馗，民間還流傳著一個非常有趣的傳說，那就是他很疼自己的妹妹。

鍾馗死後沒幾年，漂亮的妹妹遭到士紳的欺負，要對妹妹逼婚，鍾馗為了保護妹妹，乾脆發動地獄的鬼怪，來個『百鬼夜行』，硬是把妹妹搶回來，並替妹妹另外找了一個好婆家。

從此，鍾馗英勇正直，又對妹妹溫柔的大男人形象，深深烙印在中國人心裡。

但是傳說歸傳說，對我來說，鍾馗不過是一個愛吹噓自己妹妹多美的笨哥哥。可是，沒有人可以否認的是……

這個笨哥哥，很強。

真的很強，強到連我都對他畏懼三分。

鍾馗站上了街道中間，用慣用的判官筆，搔了搔自己的背部。

「喂！剛才那個跟我交過手的仁兄，麻煩你出來一下。」

吸血鬼中，最後一個參賽者，慢慢走了出來。

看見這人的模樣，所有人包括我，都忍不住訝異。

因為，他實在太貌不驚人了。

總以為能和鍾馗對打的人物，該是三頭六臂的大山怪，不然也是像德古拉伯爵，這樣氣度恢弘的貴族。

可是，他不是！他看起來約莫二十五、六歲，穿著一件短T恤和牛仔褲，牛仔褲的膝蓋上還有磨破的痕跡，頭髮剪成沒有絲毫特色的短髮，五官平凡，連笑容都是很親切的模樣。

他的樣子，簡直就像是一個沒錢，但是又熱愛自助旅行的研究生。

「咳咳，容我介紹一下。」德古拉的笑容有幾絲得意，顯然頗以這位平凡男孩為傲。「這是吸血鬼B族的，他的經歷……還是你自己說吧？」

「我自己說啊？」那男孩嘻嘻一笑。「老大，我實在沒什麼好說的了。」

「你不是很喜歡旅行嗎？」德古拉說。「說一點你旅行的趣事怎麼樣？」

「喔，是啊，我超愛旅行的啦。」男孩說：「我是人稱的地獄旅者，我喜愛遊歷寬闊無邊的十層地獄，過了第十層就是無法跨越的『嘆息之壁』，我曾經在『嘆息之壁』和惡龍遊鬥，對啦，我曾經隨著聖佛一起旅行，聖佛不穿鞋，但是我和萊恩沒辦法，還是要穿鞋……」

我聽到這男孩囉哩囉唆地介紹著自己，不由得皺起了眉頭，但是一聽到他曾經和聖佛同遊，我也是凜然一驚。

聖佛是何等尊貴的大人物，這吸血鬼竟然可以與他同遊？

「還有，我最喜歡的人，是我的小外甥女啦。呵呵。」男孩像是想到什麼似的，從懷裡掏出了一張照片，「這是她的照片，很可愛對不對？她現在才兩個月大，因為我是莫名其妙被賽特先生抓來這裡的，說什麼需要很強的吸血鬼來打架，唉，匆忙間我只來得及拿我外甥女的照片出來。」

「什麼！外甥女？」鍾馗聽到，一張醜惡的大臉忽然扭曲起來，他大步向前，走到地獄旅者的前面，一把搶過照片。

「哼！」鍾馗的銅鈴雙眼射出駭人的殺氣，原本就大嗓門的他，更是發出震耳欲聾的吼聲。「你外甥女算什麼！」

「啊？」

看到鍾馗臉上的表情，所有人都怕了起來，鍾馗難道是嫌這個地獄旅者太囉唆，要一手把他掐死嗎？

「你外甥女還不夠可愛！」鍾馗大吼，從懷裡掏出另一張照片。「聽好，我妹妹才是正妹！」

「你妹妹？」地獄旅者一笑，完全無懼眼前這個曾經嚇死無數人的鬼王，順手接過照片。

「這……」地獄旅者，看著照片，做出奇怪的表情……

「你說！我妹正不正？」鍾馗臉上青筋一根一根暴露出來，吼道。

「不正。」地獄旅者搖頭。

「吼！」鍾馗大吼。

「正怎麼夠形容你妹啊，她是可愛美麗清純優雅華麗霹靂無敵加上一點史上最強。」地獄旅者笑著，把照片還給鍾馗。「一句正怎麼夠形容你妹，該稱作『很殺』！」

「很殺！？」

「是啊，你妹超正，正得有夠殺。」地獄旅者臉上掛著輕鬆的微笑：「這才是正確的形容法。」

『超正，正得有夠殺？』鍾馗看著地獄旅者，用判官筆摳了摳腦袋。「好怪的修辭。」

「這可是現在年輕人的用法，你再不用功一點，怎麼和你妹聊天，加把勁吧你！」

「呃，呃……」鍾馗愣了兩秒，臉上的殺氣竟然慢慢柔和起來，最後還謙虛地說：「好，謝謝你，我會……我會改進的。」

「地獄旅者，雖然說你的建議很好。」鍾馗看著地獄旅者，「不過我們這場架，還是要打的。」

「嗯。」地獄旅者微笑。「我也是這樣想。」

「我不殺無名之輩。」鍾馗用判官筆指著地獄旅者：「報上名來吧。」

「嗯。」地獄旅者轉了轉手臂，做了簡單的拉筋運動。「我沒有太明確的名字，這樣好了，我是吸血鬼女的舅舅，叫我舅舅吧。」

「哈。」鍾馗一笑。「那我們動手吧！」

「好！」

就在兩人同意開始戰鬥的同時，鍾馗手上的判官筆一揮，一道濃濁烏黑的墨汁，從他的筆尖滲出，在空中畫出一橫。

此橫雖然是凌空畫出，偏偏帶有強大的破壞力。

舅舅往後一仰，這一橫從他的鼻尖險險略過，射向了一旁的牆壁，「砰！」石屑紛飛中，牆壁上多了一筆又深又重的刻痕。

「嘖嘖，這招可不得了啊。」舅舅摸了摸鼻子。「鍾馗老大，你把靈力化成了判官筆的墨水，每一筆畫都具有強大的殺傷力，嘖嘖，這招叫什麼名堂？」

「這招啊……」鍾馗大嘴裂開笑了。「永字八法中的『勒』！就是永字的第一筆。」

「喔，永字八法？中國字啊，感覺上學問很大欸。」舅舅歪頭，緊鎖著眉頭。「可是我不知道我的絕招是什麼欸……啊！有了！」

「什麼？」

「我沒有絕招，但是……」舅舅笑開了。「我很喜歡踢足球。」

「足球？」鍾馗一呆，「那不過是一大堆人在草地上踢來踢去的玩意，不是嗎？」

「沒錯。」舅舅從口袋拿出一個乾癟的皮袋，放在嘴裡一吹，那袋子竟然慢慢鼓起，變成了一顆白色的足球。

「喔？」鍾馗冷笑，「這玩意……有什麼厲害……咦？」

就在鍾馗不屑一顧的時候，舅舅已經把球放在地上，露出調皮的笑容。

「球來囉！」舅舅說完，腳往地上一掃，足球吸收了舅舅強勁的腿力，脫離地面，像是一顆砲彈似的飛了過來！

「好啊！」鍾馗臉上不怒反笑，右手抓起了判官筆，在空中一畫，正是永字八法的『掠』（長撇），寫的是永字的最左下那一筆。

只見足球飛到了鍾馗的面前，就停了。

因為鍾馗用毛筆抵住了快速旋轉的足球，剛才還威力萬鈞的足球，此刻卻絲毫不得寸進。

「很好，『掠』字講究的是不輕不重的『卸』。」鍾馗說。「可以去化解天下間所有的攻擊！」

說完，鍾馗手一揮，掠一筆完成，同時舅舅的足球也向旁邊斜飛而去。

「好招。」舅舅讚嘆。

「好說。」只是鍾馗外表看似輕鬆，內心卻隱隱吃驚，永字八法的『掠』，講究的是以柔化剛，就算是顆千斤石頭落下，他照樣能輕鬆卸去。

但是，鍾馗竟然差點吃不下舅舅的這一球。

而且，接下來發生的事情，才讓鍾馗真正吃驚，因為舅舅已經追上了那顆球，並且這次抬起了左腳。

「看我的，黃金左腳！」舅舅一笑，左腳腿上肌肉糾結，強大的腿力掃上了足球。

砰！足球被舅舅左腿踢到整個變形，如一道銳利的半月，它在舅舅的腳尖停留了零點一秒之後，以更強悍更暴力的速度，直射向鍾馗。

黃金左腳踢出的球，甚至帶起了一股龍捲風，神威凜凜，直臨鍾馗面前。

「好傢伙，我們中國老愛用嘴巴講武功，就是少了你們這種暴力而直接的打架方式。」鍾馗臉上依然掛著愜意的笑容，他右手的判官筆再揮，又是一個筆畫凌空出現。「這次我可不能重蹈覆轍！看我的『努』和『鉤』。」

永字八法的『努』，是永字中間的那一筆直劃，『努』一寫，就有如一道瀑布，從山頂奔流而下，氣勢之強動人心魄。

鍾馗的『努』字一出，就把足球直壓下來。

「轟！」

足球的力道雖然強勁，仍然被鍾馗的『努』給硬是帶到了地面。

在地面炸開了一個大洞，大洞中，白色的足球以肉眼無法捕捉的高速，快速旋轉著。

「破得好。」舅舅驚喜地說。

「還沒完呢。」鍾馗嘴角一個上揚，永字八法中的『鉤』一筆勾出。

正在高速旋轉的足球，被鍾馗的判官筆帶上了天空。

然後，鍾馗大喝一聲，跳起，在空中追上了足球。「看我永字八法中，最強勁的一擊，『磔』！」

『磔』字在永字八法中，是右下角那一筆，也是永字八法中最後，也最強勁的「收筆」，如果說剛才的『努』如同一把孤孑的古劍，那『磔』就像是一道能劈開天地的大刀了。

刀勢如狂雷，劈向足球。

剎那間，把足球擊回了舅舅的面前。

舅舅眼睛大睜，他伸出了手，所有的靈力集中到掌心，頓時變成兩隻手套，護住了雙手。

「足球靈力之——守門員的雙手！」

舅舅竟然接住了這球。

帶有這麼強大爆發力的球，在舅舅手中快速旋轉著，並且發出能絞碎一切的尖銳鳴叫，但是，舅舅沒有放手，他的雙手像是鐵鑄般，牢牢焊住了手上這顆球。

球速急轉著，舅舅靈力化成的手套，也化作一片又一片的碎片不斷往周圍散去，伴隨著摩擦產生的濃煙，戰況慘烈。

而球的轉速，也在舅舅堅持和膽識之下，開始下降了。

越來越慢，越來越慢……最後，終於在舅舅的手中，停了下來。

而舅舅靈力化成的手套，也變得破破爛爛，幾乎不成樣子。

「空手接球，這招不賴，怎麼稱呼呢？」鍾馗放下筆，醜臉含笑。

「這招啊，取自於足球場上守門員的空手接球。」舅舅微笑，「我叫他『守護神之手』。」

「好，好招。」鍾馗舉起判官筆，準備接招。「再來吧！」

「不繼續了。」舅舅搖頭，嘻嘻一笑。「你贏了。」

「咦？」

「因為我這顆用地獄惡龍皮製成的足球……」舅舅看著眼前的球，忽然砰的一聲巨響，它碎成了碎片。「它竟然承受不住我們兩個人的連番攻擊，我沒武器可打了。」

「夠豪氣……」鍾馗豎起了大拇指。「哪天，我們不用賭注了，我一定要跟你再比一場！」

「呵呵，別說比，我們可以一起去寫毛筆。」舅舅笑著說。「中國字挺美的，我早就想練習練習了。」

「是啊，也許可以去踢足球，」鍾馗笑著說：「我那個很殺的正妹，最近迷上世界盃足球賽，特別愛那個貝克漢，我也該學學足球囉。」

「好！」舅舅微笑。「就這樣說定！」

就在這時候，我和德古拉互看了一眼，微微點頭。

我舉起手說：「正式宣佈，第四場比賽，由鍾馗獲勝，目前戰績是二勝二負，兩邊平手。」

就在鍾馗和舅舅兩人離場的時候，舅舅開口了。「鍾老哥，我給你一個建議，聽不聽？」

「請說。」

「你把『永』拆開來攻擊，有點不夠有勁，你一氣呵成的寫完試試看。」

「咦？」

「永字八法的攻擊強勁，卻有彼此難以呼應的缺點，如果能一次寫完，你一定能發揮意想不到的威力！」

「真的嗎？」鍾馗閉目沉思。「若是如此，我倒要好好感謝你了。」

忽然，鍾馗睜開眼睛，看著舅舅。「那我也有一事相勸。」

「嗯，請說。」舅舅瞇起眼睛微笑。

「我見過人間地獄鬼魂無數，人的劫數我能看出一點端倪，我看出你十年必有一場大劫，你千萬要小心。」

「什麼大劫？」舅舅吊兒郎當的笑容收斂，慎重地問。

「天機不可洩漏，只能跟你說，這是你人生的一個抉擇，若是你選擇保護弱小，你就會喪命，若是你選擇離開，你就能安然活命。」鍾馗看著舅舅。

「嗯，選擇嗎？」舅舅沉思了一會，微笑。「我想，我知道自己的選擇。」

「很好。」鍾馗看著舅舅。「我衷心希望，在十年後，甚至更久之後，我們還有機會相逢。」

「隨緣囉。」舅舅微笑。「這樣吧，如果十年後我真的掛掉，我想請你幫我一個忙。」

「什麼忙？」

「我有一個外甥女，下次你見到她，請你多關照她。」舅舅笑著說。「她的名字，就叫做……吸血鬼女。」

「當然。」鍾馗微笑。「我和你可是不打不相識的忘年之交。」

「嘻嘻，有你罩著她，我也沒什麼好擔心的啦。」舅舅又恢復了輕鬆酣傻的模樣。

「嗯，保重。」鍾馗抱拳。

「你也是，請多珍重。」舅舅則是舉起手，做出了一個帥氣的軍人敬禮。

比試進行到了第四場，雙方出現二比二的緊張局面。

第一場精彩的空中競賽，小飛俠和空中飛行武僧，比的是飛行技巧和戰鬥策略，最後是飛行武僧一身精修的武術，擊敗了小飛俠。

第二場是暴力的格鬥搏擊，由傑森和混血硬打一場，同時也是拳擊和柔道的對決，結果因為混血是一隻被吸血鬼咬過的狼人，使他在武力上佔有絕對的優勢，擊敗了傑森。

第三場，是音樂家和殺手的對抗，截然不同的兩個人，卻結成至交好友，最後貝多芬以一曲《英雄》交響曲贈荊軻，風度翩翩地敗下陣來。

第四場已經進入了超凡入聖的對決，來自中國的鬼王鍾馗，和吸血鬼中的地獄旅者舅舅，兩人打成了好朋友，也讓人見識到頂級高手對決的魅力。

如今，比試終於推進到了最後一場。

由對方的王——德古拉伯爵，和我本人亞瑟王，親自分出勝負。

「老實說，」我笑著走了出來。「我並不太想和你打。」

「我也是。」德古拉那迷人深邃的眼睛，正看著我。「事情進行到這裡，我們別打了，你覺得如何？」

我看著德古拉，微微吃驚。「喔？那你有什麼提議嗎？」

德古拉臉上露出一個高深莫測的笑容。「我要跟你談一個交易。」

「喔？」

「呵呵，我把伊希斯托付賽特的事情跟你說。」德古拉臉上掛著輕鬆的笑容。「由你自己判斷，要不要把聖甲蟲交給賽特吧。」

「這！」我一愣。我內心不禁佩服起賽特，德古拉所謂的『不打』，指的是不用武鬥，而是改用心理戰。

他打算讓我自己判斷是否該把聖甲蟲給賽特，換句話說，他竟然要我自己決定輸贏？

好一場心理戰！不愧是德古拉！

「等等，賽特和伊希斯的事情，必然相當重大，你確定要跟我說？」我說。

「放心吧，我和賽特是好朋友。」德古拉微笑。「更何況，也許你聽了，會站在我們這邊呢。我們也需要你的力量。」

「喔？」我吃驚地看著德古拉。這是怎麼回事？

「這件事，要從一個古老的預言開始說起……」德古拉從懷中拿起了煙斗，意態悠閒。「地獄在百年之後，會出現一件大事，震動整個地獄，甚至大大改變整個神人魔三界的權力分布。」

「嗯。」我點頭，如果這件事情是真的，那也難怪伊希斯會這麼重視。

「我是不知道伊希斯女神，希望在這場大事中扮演什麼樣的角色，但是就我猜測，這件事也引起了印度古神濕婆的注意，你應該知道，濕婆就是頂頂有名的紅心A。」

「嗯。」我點頭。「別忘了，現在地獄之中當家的是聖佛，黑榜中的老大是蚩尤，他們倆呢？」

「這我就不清楚了。」德古拉露出一個古怪的笑容。「但是賽特說，他們倆不會介入這場事件。」

「為什麼？」

「賽特沒有說。」德古拉搖頭。「情況不難猜測，要讓地獄兩大高手同時退出戰局的方法很簡單，那就是讓他們自己打一場……」

「引祂們同歸於盡……」我打了一個寒顫。

「也許。」德古拉抽起了煙斗。「所以，我們這邊需要力量，從剛才到現在，我發現你的力量夠強，我們需要你們的協助。」

「這……」

「其實，以我對賽特的了解。」德古拉說：「賽特是一個癡情種，五千年前愛上伊希斯，讓他從正神變成了惡神，如今就算兩人已經沒有情愛的關係，賽特一樣會承諾伊希斯，他只是嘴硬而已。」

「呵呵。」我嘆氣。「那你還要我做選擇？」

「當然要。」德古拉吐了一口煙，眼睛在濛濛的煙霧後面，瞇成了一條線。「我們要做的事情，就是保護，在這一場可能是神魔史上最大的戰爭之中，保護無辜的人民。」

「嗯。」我閉起眼睛，深深吸了一口氣。「我得想想。」

我當然得想想，因為，這牽扯到我退休之後的生活。

如果答應了德古拉，我就必須放棄原本規劃好的，加州陽光的渡假生活，而轉入地下，招兵買馬，等待時機。

我想了數秒鐘之後，睜開眼睛，帶著微笑看著德古拉，然後慢慢抽起了我腰間的劍。

「我已經決定好了。」我手上的劍發出燦爛的金光。「以此劍為宣示，我答應你，德古拉。」

有人說，最後一次任務總是最危險。

我只能含淚認同。

因為這次任務，真的大大改變了我在地獄未來的生活。

我把任務完成了，因為賽特收到了寶石，但是我也決定當我退出獵鬼小組之後，我會站在德古拉那邊，保存實力，等待那件事發生之後，保護無辜的人民與亡靈。

之後，賽特親自把聖甲蟲交還給了伊希斯，還奉送了一句話，「我不插手，但是請妳保重。」

賽特，果然像德古拉說的一樣，是個傻瓜。

德古拉亦是如此，雖然地獄的吸血鬼後來遭逢大難，因為E族和B族自相殘殺，引起了悲天憫人的地獄聖佛插手，導致地獄各大妖怪追殺吸血鬼。但是德古拉和其手下們卻保存實力，逃過一劫。

那次吸血鬼大難中，首先犧牲的就是舅舅。他終究沒有躲過十年的大劫，為了保護自己的小外甥女，舅舅被吸血鬼女王瑪麗皇后所殺。

得知消息那天，我看見了鍾馗一個人帶著足球，對著牆壁猛踢起來，鍾馗足球的技術一點都不好，但是他依然默默地踢著，踢了好幾百下。

這位舅舅的外甥女，更在鍾馗暗中幫助下，漸漸長大，她繼承了其舅舅極為優秀的血統，甚至成為獵鬼小組的一員，不過那已經是我離開獵鬼小組百年之後的事情了。

至於德古拉說的那件事。

也終於在百年後，發生了。

那件事的開端，就是『地獄列車事件』。

我亞瑟王，和德古拉，在因緣際會之下同時搭上了這班車，同時目睹了這一切的開端。

於是，我和德古拉首次攜手，利用陽光和黑暗雙重奧義，打開了地獄列車的禁咒之門。

我們離開列車的時候，在吸血鬼女身上留下了訊息，並且我們各奔東西，去召集我們的夥伴，以迎接即將到來的『地獄大事』。

如今，時機已經成熟了。

我亞瑟王即將帶著曾經的夥伴，鬼王鍾馗、殺手荊軻、肌肉棒子傑森、飛行高手小飛俠，以及座敷童等……連同德古拉的貝多芬、混血、飛行武僧等……

我們取得了一個來自少年H的重要線索，他寫信給我們，要我們趕到一個重要的地方。

那地方，就叫台灣。

「就是這裡嗎？」我亞瑟王，穿著白色西裝走在明亮的機場大廳，摘下了太陽眼鏡，嘴角揚起微笑。

「台灣，我們來了。」

The End

地獄
戰役

國家圖書館出版品預行編目資料

地獄系列.第三部,地獄戰役 ／ Div 著.--初版.
-- 臺北市：春天出版國際，2006[民95]
面；　公分. --（奇幻次元；13）
ISBN 986-7135-47-4（平裝）
857.83　　95007423

奇幻次元 13

地獄戰役

作　　者◎Div
企劃主編◎莊宜勳
發 行 人◎蘇彥誠
封面繪圖◎Blaze
封面設計◎小美@永真急制workshop
美術設計◎陳偉哲

出 版 者◎春天出版國際文化有限公司
地　　址◎106台北市忠孝東路4段303號4樓之1
電　　話◎02-7733-4070
傳　　真◎02-7733-4069
E-mail◎frank.spring@msa.hinet.net
郵政帳號◎19705538
戶　　名◎春天出版國際文化有限公司
法律顧問◎蕭顯忠律師事務所
出版日期◎二〇〇六年五月初版一刷
　　　　　二〇二二年三月初版三十二刷
定　　價◎199元

總 經 銷◎楨德圖書事業有限公司
地　　址◎新北市新店區中興路二段196號8樓
電　　話◎02-8919-3186
傳　　真◎02-8914-5524
印 刷 所◎鴻霖印刷傳媒事業有限公司

ISBN 986-7135-47-4
Printed in Taiwan